KB115361

딕스전기

봉사 판타지 장편 소설

DIX SAGA

딕스전기 9

봉사 판타지 장편 소설

초판 1쇄 찍은 날 § 2015년 2월 25일
초판 1쇄 펴낸 날 § 2015년 3월 4일

지은이 § 봉사
펴낸이 § 서경석

편집부장 § 권태완
편집책임 § 박용서

펴낸곳 § 도서출판 청어람
등록번호 § 제387-1999-000006호
등록일자 § 1999. 5. 31
어람번호 § 제1-2064호

주소 § 경기도 부천시 원미구 부일로 483번길 40 서경B/D 3F (우) 420-822
전화 § 032-656-4452 팩스 § 032-656-4453
http://www.chungeoram.com
E-mail § chungeorambook@daum.net

ISBN 979-11-04-90134-8 04810
ISBN 979-11-316-9163-2 (세트)

봉사 판타지 장편 소설

FANTASY FRONTIER SPIRIT

딕스전기

9

[완결]

DIX SAGA

도서출판 청어람

CONTENTS

제1장

숙명

DIX SAGA Ω

페슈아 대숲에서 행크 일행을 구해준 딕스는 곧장 제국의 수도로 이동했다.

마음에 예리한 칼 하나를 품고서.

늦은 밤, 클라우드의 저택을 방문한 딕스.

그의 등장을 이미 알고 있었다는 듯 저택의 집사 아이게가 미리 마중 나와서 딕스를 제 주인의 서재로 안내했다.

"놀랍군."

딕스를 보자마자 클라우드가 한 첫마디였다.

녀석의 말을 귓등으로 팅긴 딕스는 제집 소파처럼 편안하게 앉으며 클라우드를 응시했다.

그의 표정은 싸늘했고, 음성은 빙굴(氷窟)에서 갓 올라온 듯 차가웠다.

"루세니엘이 죽었다."

모든 것을 꿰뚫어 보는 예언자처럼 보였던 클라우드도 그의 이 말에는 당혹감을 크게 드러냈다.

루세니엘의 죽음은 클라우드에겐 사실 예상치 못했던 돌발적인 상황이었다.

그녀를 구출할 수 있는 두 가지 카드, 즉 아우서와 노도를 양손에 쥐고 있어서였다. 그랬기에 모든 것을 주관하는 신과 같은 마음으로 지켜보았다.

한데 루세니엘이 죽었다.

이는 클라우드 본인이 세운 계획에 차질이 빚어짐을 의미했다.

클라우드는 변수를 싫어하는 인간이었다.

딕스를 뚫어져라 응시하던 클라우드가 입을 열었다.

"농담이라면… 너무 우울한 이야긴데."

"너와 내가 농담이나 주고받을 그런 사이는 아니지 않나, 클라우드."

다르다!

냉정을 되찾은 클라우드는 이전에 보았던 그와 지금의 그가 크게 달라졌음을 느꼈다.

왜 이제야 이를 느낀 걸까?

탐색하는 눈으로 딕스를 살핀 클라우드는 이를 곰곰이 생각했다.

딕스는 그에게 생각할 시간을 주지 않았다.

"내가 왜 널 방문했을까? 너라면 짐작하지 않을까 싶은데?"

등받이에 등을 깊게 묻은 딕스는 꼬장꼬장한 시험관처럼 클라우드를 바라보았다.

클라우드는 그의 이러한 태도에 순간 기분이 크게 상했다.

제 마음을 추스른 클라우드.

"일의 마무린가?"

"역시 눈치가 빠르군."

"자신감이 대단하군, 딕스 백작."

겉으로 드러난 클라우드의 태도는 담담해 보인다.

하나 실제 그의 속은 바싹 타들어가고 있었다.

21명의 그림자 마법사를 제거한 존재와 마주 앉아 있는데 어찌 그러지 않겠는가.

클라우드의 가정에는 21명의 그림자 마법사의 전멸도 들어 있었다.

하나 그것은 희미한 확률이었다.

그리고 그 확률이 현실이면 눈앞의 상대는 결코 멀쩡하지 않아야 한다.

한데 자신의 예상을 깨고 상대는 지나치게 멀쩡한 모습이다.

혼돈에 빠진 클라우드.

딕스는 마치 클라우드의 속을 들여다본 듯 상대를 자극하는 웃음을 흘리며 말했다.

"인생은 체스 판이 아니다, 클라우드. 자, 내가 왜 여기에 왔을까? 날 마중까지 한 것을 보면 이 상황도 네 머릿속에 들어 있었을 것 같은데. 그럼 내 생각도 알아맞혀 봐."

딕스의 입술이 비틀린다.

그것은 상대를 향한 명백한 조소였다.

강자만이 소유할 수 있는 여유라는 이름의 절대 특권이다.

클라우드의 얼굴이 흉측하게 일그러진다.

"…모, 모르겠다."

"모른다니 말해줘야겠군. 난 능력 있는 사냥개가 필요하다."

딕스의 말에 클라우드는 심한 불쾌감을 느꼈다.

감히 자신을 면전에 세워두고 사냥개를 운운하다니.

분노가 치밀었지만 클라우드는 자신의 불리함을 알고 있었기에 발작하지 않았다.

자신을 비하한 딕스의 말에는 기분이 나빴지만 상대의 제안은 어쩜 자신이 원했던 계획의 견인차와 같은 역할을 할 수 있을 것 같았다.

아우서를 잃은 것은 아까웠지만 상대는 21명의 그림자 마법사를 해치울 정도로 놀라운 힘을 과시하지 않았던가.

그렇다면!

"내게 무엇을 원하지? 딕스 백작 나리."

"천벽의 그림자 마법사."

클라우드의 눈빛이 환하게 타오른다.

"호오, 그럼 내가 무엇을 해줄까?"

"긴말 안 해서 편하군. 좋아, 말하지. 그들의 거처를 일일이 방문할 생각은 없어. 나도 나름 바쁜 몸이거든."

"네 말은?"

"오 일 후 천벽을 방문하겠다. 복잡하게 술수 같은 건 안 부려. 정면으로 치고 들어갈 생각이야. 그 날짜에 맞춰 천벽의 그림자 마법사들이 본부에 다 모여 있었으면 하는 바람이야. 내 바람… 꼭 들어줘야 할 거야. 아니면!"

"아니면?"

"몽땅 말하면 재미없지. 그건 너의 상상에 맡기지."

클라우드의 머릿속이 빠르게 돌아간다.

제국의 수도, 그것도 요지에 위치한 천벽의 본부를 치겠다니. 미치지 않고서야 어찌 이런 황당무계한 생각을 할 수 있단 말인가.

저건 대범한 것이 아니다. 어리석은 자의 만용이다.

뭐, 나쁠 건 없다.

둘이 치고받고 싸워서 어느 하나가 사라져도 자신의 손해는 없으니까.

클라우드는 속으로 웃었다.

일이 아주 재미있게 돌아간다고 생각했다.

"무모하군, 딕스 백작 나리. 후훗."

"내가 무모했다면 천벽이 아니라 황궁을 들이박았을 거야. 내 이성은 멀쩡해. 그러니까 넌 네 상관에게 달려가서 '노도가 올 것이다'라고만 전해. 네 입장에선 손해가 아닐 거야. 아, 물론 네가 그 현장에 있을 땐… 예외겠지, 클라우드여."

자신의 용무를 마친 딕스는 가차 없이 자리를 털고 일어선다.

그러다 잠시 걸음을 멈추고 돌아서서 클라우드를 응시하며 말한다.

"하나 더. 내 주위에 파리들이 꼬이게 하지 마라. 네 목숨을 걸겠다면 말리지는 않겠다."

싸늘한 바람을 발자국처럼 남긴 딕스는 그렇게 클라우드의 서재를 나선다.

한참 후 정신을 차린 클라우드는 잔뜩 찌푸린 얼굴로 천벽의 본부가 위치한 밤하늘을 쳐다본다.

'놈은 장난이 아니다. 정말 할 생각이야!'

클라우드는 딕스의 행위를 통해서 자신이 얻을 이해득실을 다시 한 번 꼼꼼하게 계산했다.

그러다 한 가지 사실이 뇌리를 스치고 지나갔다.

"아이게."

"예, 주군."

"로키에게 연락해라. 지시가 있을 때까지 대기하라고 일러. 지금 즉시!"

"명을 받듭니다."

아이게가 물러가자 클라우드는 그제야 조금은 편해진 얼굴로 중얼거린다.

'놈, 농담이면 네놈에게 내 끔찍한 불행을 선물해 주겠다. 반드시!'

＊　　　＊　　　＊

클라우드의 집을 방문한 이후 딕스는 자신의 내면을 관조하는 틈틈이 운명이 정해준 숙적의 존재를 생각했다.

세상엔 공짜란 없다.

강대한 힘을 손에 넣었지만 그에 따른 책임과 의무도 더불어 주어졌다.

역천의 존재 바라모스!

놈의 이름을 루세니엘에게서 듣는 그 순간 딕스는 전율을 느꼈다.

떼려야 뗄 수 없는 숙명을 조우한 느낌이랄까?

아무튼 그러한 감정은 아직도 그의 내면에 남아 생생하게 꿈틀거리고 있었다.

제 인생의 마지막 고비요, 벽이라는 느낌으로.

꼬르륵.

무시무시한 능력을 소유했지만 일상의 배꼽시계는 오늘도 정확하게 정시를 알린다.

1층 식당으로 내려온 딕스는 창가 쪽에 자리를 잡고 앉았다.

클라우드에게 한 경고가 먹혔는지 이전처럼 감시자가 따라붙지는 않았다.

하늘을 바라본다.

'빨리 집에 돌아가고 싶군.'

그리움이 딕스의 내면에서 뭉게구름처럼 부풀어 오른다.

그렇다고 당장 제 마음을 쫓아서 움직일 수는 없다.

딕스는 메뉴판에서 음식을 고른 뒤 주문했다.

그의 주문이 끝나자마자 사람들이 식당 안으로 몰려든다.

한산하던 식당이 가득 차며 여기저기서 대화의 꽃이 피어난다.

각자의 역할과 삶이 강물처럼 흐른다.

"이번에 내 아들이 하사관 양성소에 들어갔어. 알지? 이번에 경쟁률이 무려 이십 대 일이었지. 하하하."

중년인의 말투와 표정엔 아들에 대한 대견함으로 가득 차 있었다.

이에 질세라 다른 이도 제 아들 자랑을 한다.

"내 아들은 이번에 행정 학교에 들어갔어. 올해 경쟁률이 사십 대 일이라지, 아마. 하하."

"뭐? 그럼 햄튼에 입학한 건가, 자네 아들?"

"당연하지. 하하하하하."

하사관 양성소에 합격한 아들 자랑을 했던 중년인은 동료의 말에 축하를 해주면서도 내심 배가 아팠다.

위험하고 힘든 군인보단 사실 안전한 행정직 공무원이 장래를 생각하면 더 낫기 때문이다.

부모들에게 자식들의 미래와 성공은 제 삶의 질보다 더 중요하다.

그런 점에서 두 사람의 자식들은 이들의 생활수준에서는 크게 성공했다고 봐야 할 것이다.

이들과 함께 온 자들은 다들 저 두 사람을 부러워했다.

딕스는 평범한 일상을 살아가는 사람들의 소소한 대화를 들으며 내심 혀를 찼다.

국가가 발전하기 위해서는 도구로 쓸 사람이 필요하다.

그래서 국가는 학교란 조직을 만들고 거기에 정원을 정해 백성들에게 경쟁심을 선동한다.

노동자와 군인과 하급의 관리.

이들은 국가란 거대한 기계의 소모적인 부속품으로 그렇게 길러진다.

하나 그러한 삶을 살아가는 자들은 이를 죽을 때까지 알지 못한다.

그들은 자신들이 제 스스로 인생을 선택하고 살아가는 것이라고 다들 믿는다.

실제 그 이면엔 주입식 교육을 통한 맞춤형 도구로서의 자신밖에 없음인데 말이다.

반대로 지도자로 길러지는 이들이 다니는 상위의 교육 조직은 결코 이러한 주입식 교육을 하지 않는다.

집단엔 반드시 지배자와 피지배자가 존재한다.

그러니 그에 따른 교육의 질도, 방향도 다를 수밖에 없다.

딕스는 예전 엘리자베스 공주와 서커스단에서 생활했을 때 공주로부터 지혜를 단련하는 공부를 했다.

그것은 독서와 토론을 통해서 이루어졌다.

당시 공주는 딕스에게 어려운 인문학 관련 서적을 장려했다.

몇 번을, 아니, 몇십 번을 읽어도 이해하기 힘든 참으로 지루한 책이었다.

당시 딕스는 그 어려운 책을 권하는 공주가 싫었고, 그녀와의 토론 시간이 다가오면 두려움마저 느꼈었다.

하지만 그 교육을 통해서 딕스는 사물의 본질을 파악하는 지혜를 조금씩 기를 수 있었다.

'지배자는 하늘이 내고, 백성은 그 지배자의 뜻에 살아가는 법이지.'

이러한 관계와 구조는 인간이 집단을 이루고 사는 한 영원히 바뀌지 않을 것이다.

그러한 구조에서 딕스는 상위 0.1퍼센트에 들어가는 지배층이다.

으쓱.

"손님, 주문하신 식사 나왔습니다."

딕스는 상념을 털어버린 뒤 음식을 먹기 시작한다.

그의 식탁에 차려진 음식을 본 사람들은 놀란 표정으로 두 눈을 동그랗게 뜬다.

혼자서 먹는 점심치곤 양도 많고, 가격도 너무 비싼 것들이기 때문이다.

시샘이 섞인 사람들의 시선.

그러거나 말거나 딕스는 제 몸에 필요한 영양분의 보충에만 전념할 뿐이다.

수련도, 싸움도 평소 잘 먹는 놈이 더욱더 잘하는 법이기에.

"여기, 스테이크 2인분 추가!"

딕스의 위장은… 위대했다.

* * *

딕스의 통보 이후 클라우드는 내내 고민하다가 이틀 만에 겨우 결정을 내렸다.

그는 천벽의 벽주를 찾았다.

클라우드의 방문에 벽주는 특유의 냉소적인 표정으로 그를 맞이했다.

"무슨 일인가?"

"노도에 관한 정보를 입수했습니다."

클라우드는 천벽에서 중간 관리자에 불과하다. 그의 위로 상관들이 줄줄이 있다.

벽주를 직접 찾아온 그의 행위는 제 직속상관들을 줄줄이 물 먹이는 행위다.

그럼에도 이를 아랑곳하지 않는 클라우드.

이 때문에 그는 이래저래 미운털이 많이 박힌 직장 생활을 하고 있었다.

벽주의 두 눈에 기광이 스친다.

페슈아 대숲으로 파견한 그림자 마법사들에게서 연락이 없자 이를 알아보기 위해 사람을 파견할 생각이었던 벽주였다.

한데 클라우드가 노도의 정보를 갖고 왔다니.

그렇다면 놈은 천벽의 정보력보다 더 뛰어난 정보력을 가졌다는 말이 아닌가.

하긴 녀석의 본가를 생각하면 그럴 수도 있다.

"말해보라."

"노도가 천벽에 선전포고를 했습니다."

벽주는 당당한 태도로 자신을 바라보는 클라우드를 한참 응시했다.

천벽 내에서, 그리고 그에 대해 조금이라도 아는 자들은 그 앞에서 이처럼 당당할 수 없었다.

그런 점에서 벽주에게 클라우드는 신선한 녀석이었다.

하지만 그것도 도가 지나치면…

"프레드릭 성에서의 실수는 만회되지 않았다, 클라우드여."

벽주의 어감은 나직했지만 뚝뚝 끊어 치는 그 어조에 담긴 뜻은 명백한 책망이다.

이런 경우 몸과 마음이 다들 납작 엎드려지게 마련이다.

하나 클라우드는 그러질 않았다.

"만회하기 위해 전력으로 조사했습니다."

"그 말, 책임질 수 있나?"

"제 자리를 걸겠습니다."

젊은 야심가에게 천벽이란 도약을 위한 훌륭한 발판이다.

클라우드의 야망을 일찍부터 파악한 벽주였다.

그는 이를 나쁘게 생각하지 않았다.

야망이 없는 젊은이는 향기 없는 꽃이자, 관을 짜는 노인에 불과하기에.

이런 그가 제 모든 것을 내걸었다.

들어두어 나쁠 것은 없으리라. 이리 마음을 정한 벽주다.

"보고하라."

"앞으로 삼 일 후, 노도는 이곳을 직접 들이칠 것입니다."

클라우드의 보고에 벽주는 어이가 없었다.

노도를 잡기 위해 파견된 그림자 마법사가 무려 이십이다.

이 전력이면 뮬 공국의 수도를 하룻밤에 잿더미로 만들 전투력이다.

그러한 막강한 전력이 노도에게 패하지 않고서야 어찌…

"너의 그 말은 페슈아 대숲에 파견된 자들이 전멸했다는 의미다. 그 말, 책임질 수 있느냐?"

"거기에는 제 목을 걸겠습니다."

확신이 가득한 클라우드의 말에 벽주의 눈빛이 무거워진다.

제 자리와 목까지 건다.

이는 절대적인 확신이 상대에게 있지 않고서는 불가능한 이야기다.

톡톡.

책상을 두들기던 벽주의 검지가 그 행위를 멈춘다.

의자에서 일어선 벽주는 창가로 걸어갔다.

클라우드는 묵묵히 벽주의 입이 떨어지기를 기다렸다.

한참의 시간이 흐른 후.

"정보의 출처는……?"

"…알려 드릴 수 없습니다."

클라우드의 대답에 벽주가 몸을 돌린다.

유리알처럼 투명하고 차가운 느낌이 강성한 벽주의 눈빛, 그것은 마치 화살처럼 클라우드에게로 쏟아진다.

클라우드는 이를 피하지 않았다.

이는 겉으로 드러난 태도일 뿐 실제 그의 마음은 긴장으로 잔뜩 굳어진 상태다.

"좋아, 믿어주지. 노도가 원하는 것이 무엇이냐?"

"말씀드렸듯이 천벽입니다."

"이깟 건물 하나 부수려고 놈이 오지는 않을 것이다. 놈이 네게 전한 바를 정확하게… 말해라, 클라우드."

벽주의 말투에서 클라우드는 섬뜩함을 느꼈다.

짧은 시간 심력의 뿌리까지 활활 불태우며 클라우드는 고심했다.

드디어 마음의 결정을 내린 그가 대답한다.

"놈이 원하는 것은 천벽의 괴멸입니다."

"괴멸이라… 노도의 배포가 참으로 크군. 클라우드."

"예."

"배신자의 최후에 대해서는 너도 알 것이다."

"알고 있습니다."

"그 표정, 지나치게 당당하군. 배신자가 아니라는 항변의 뜻인가?"

"제국에서 제 야망의 열매가 맺기를 바랍니다. 매국 따위 할 생각은 없습니다."

벽주의 입가가 씰룩인다.

그것이 벽주에게 어떤 의미로 받아들여졌는지 클라우드는 알지 못했다.

"삼 일 후라고 했나?"

"예."

"놈을 기다리지. 이 일은 너와 나의 비밀이다."

클라우드의 두 눈 깊은 곳에서 이채가 번뜩인다.

벽주의 성격을 파악했기에 클라우드는 오늘과 같은 행동을 할 수 있었다.

적어도 눈앞의 저 남자는…

'걸어오는 싸움을 피하는 타입은 아니지. 후훗.'

*　　*　　*

딕스는 올가의 부친, 말슨 드 레볼리 자작의 저택 앞에서 그 모습을 드러냈다.

말슨 자작은 천벽의 요인이니 분명 자신이 공격할 시점에 그도 천벽에 있을 것이다.

상대를 확인해 가며 날붙이를 휘두르는 싸움이 아니다.

그러다 보니 전투의 여파에 휩쓸리면 말슨 자작은 목숨을 부지하기 힘들 것이다.

올가와의 인연을 생각해서 딕스는 미리 언질을 넣기 위해 그녀를 찾아왔다.

저택의 입구에서 서성이는 그를 본 하인 하나가 딕스에게 다가온다.

"무슨 일입니까?"

딕스를 아래위로 훑어보던 하인이 묻는다.

그의 옷차림은 화려하지도 않았고, 비싸지도 않았다.

그럼에도 하인은 딕스를 함부로 대하지 못했다.

이는 딕스에게서 흘러나오는 설명하기 묘한 독특한 분위기 때문이었다.

함부로 대할 수 없는 자.

귀족가의 저택에서 일하다 보니 나름 사람 보는 안목이 향상된 덕분이다.

"올가 영애를 만나러 왔습니다."

"어쩌죠. 아가씬 아카데미에 가셨는데요."

하인의 말에 딕스는 내심 고개를 갸웃거렸다.

"공휴일인데 아카데미에 갔습니까?"

하인이 의아한 표정으로 딕스를 본다.

올가를 찾는 딕스를 그녀의 동기이거나 혹은 아카데미 선배쯤으로 생각했다.

한데 말을 들어보니 그런 것 같지가 않았다.

하인의 얼굴에 경계심이 드러난다.

이를 읽은 딕스는 뒤로 한발 물러서며 자신의 이름을 밝혔다.

"제 이름은 딕스라고 합니다. 영애께서 언제든 찾아오라고 하셔서 이렇게 찾아왔으니 그리 볼 필요는 없습니다. 하하."

"가만, 딕스라면… 아! 생각났다. 그분이시군요, 아가씨께서 늘 말씀하셨던."

저택의 집사에게 자신의 이야기를 해두겠다는 말을 올가에게 들었지만 설마 저택의 하인에게까지 자신에 대해 말해뒀을 것이라곤 생각하지 못한 딕스다.

"그리 이상하게 보실 필요 없습니다. 아가씨께서 정문 근처에서 일하는 자들에게 딕스라는 분이 찾아오면 귀하게 맞으라고 하셨거든요."

"음, 그랬습니까?"

자신을 향한 올가의 마음이 새삼 깊이 느껴지는 딕스다.

그렇다고 그녀에게 마음이 향하거나 하지는 않았다.

이전의 친분을 생각해 부친의 화를 모면하게 해주는 게 인간적인 도리라 생각해서 찾아왔을 뿐이다.

한데 그 당사자가 없으니.

"어쩌죠. 오늘 아가씨께선 늦으실지도 모르는데. 내일 방문해 주시면 안 될까요? 제가 아가씨 들어오시면 말씀드리겠습니다."

올가의 당부가 어떠했는지 이 하인의 태도에서 쉽게 읽을 수 있다.

"음, 제가 아카데미로 찾아가죠."

"그러시겠습니까?"

딕스는 하인에게 수고하라는 말을 한 뒤 돌아섰다.

그때 모퉁이에서 마차 한 대가 이쪽으로 달려오고 있었다.

길을 건너려던 딕스는 마차가 지나가기를 기다렸다.

한데 마차는 그의 앞을 지나치지 않고 멈추어 섰다.

창문이 내려가고 그곳에서 딕스가 아는 얼굴이 쏙 나온다.

"딕스 씨."

마차에서 고개를 내민 이는 올가의 사촌이자, 딕스도 익히 아는 레나였다.

"레나 씨군요."

"여긴 어쩐 일이세요? 올가 만나러 오셨어요?"

마차에서 내린 레나의 얼굴에는 반가움이 가득하다.

"올가 씨는 아카데미에 있다더군요."

"알고 있어요. 저 아카데미로 가는 길인데 올가 만나러 갈 거면 저랑 같이 가실래요?"

수줍은 빛을 띠며 제안하는 레나.

딕스는 고민 없이 바로 승낙했다.

남녀는 곧 마차에 올랐다.

"이럇!"

멈추었던 마차가 아카데미를 향해 움직였다.

제2장

천벽 침몰

"딕스 씨, 불편하세요?"

레나는 아까부터 정색 중인 딕스의 얼굴을 보았다.

성격이 내성적인 편인 레나는 이를 일찍 보았음에도 묻지 못하다가 대화의 맥이 한동안 끊기자 한참을 주저하다가 용기 내어 그 이유를 물었다.

생각에 빠져 있던 딕스는 레나의 말에 그제야 제 표정이 타인의 걱정을 샀다는 것을 깨달을 수 있었다.

"아, 아닙니다. 잠시 딴생각을 하느라."

어색한 웃음과 완벽하게 풀리지 않은 딕스의 표정은 상대로 하여금 그의 말이 빈말이란 생각을 품게 한다.

레나는 딕스가 불편함을 느끼는 이유에 대해서 생각했다.

아무리 생각해도 그가 불편함을 느낄 이유는 없어 보였다.

그랬다면 처음부터 그랬어야 한다.

하지만 그는 전혀 그런 기색을 드러내지 않다가 아카데미에 거의 다다를 때쯤 이러한 표정을 드러냈다.

혹시 자신으로 인해 올가에게 오해를 살까 싶어 저러는 게 아닐까?

"그러시다면 다행이지만……."

레나는 그만 위축되고 말았다.

하지만 이는 그녀의 생각일 뿐이다.

딕스는 아카데미와 점점 가까워지자 거대한 물의 기운을 느꼈다.

상당한 규모의 호수, 혹은 강이 아니고서는 받을 수 없는 느낌이었다.

문제는 수도 내에 그러한 규모의 호수와 강은 딕스가 아는 한 없었다.

이에 의문이 든 그는 큰비라도 내리려고 그러나 싶어 하늘을 수차례 보았다.

한데 하늘에는 구름 한 점 찾아볼 수 없었다.

저런 하늘이 비를 뿌릴 리 만무하다.

그래서 이를 의아하게 여겨 생각하던 딕스의 모습이 레나에겐 정색으로, 불편한 모습으로 비쳤다.

"아, 오해는 마세요. 정말 불편한 점 없으니까요."

이미 분위기는 어색해졌다.

"예."

레나의 목소리는 힘없이 움츠러들었다.

굳이 그녀의 기분을 풀어주어야 할 이유가 없었기에 딕스는 자신의 느낌을 쫓는 데 주력했다.

그 순간 물의 척후가 사방으로 내달린다.

척후는 딕스가 느낀 거대한 물의 기운을 찾아내지 못했다.

지상엔 없다!

딕스는 이러한 결론을 내렸다.

그렇다면 딱 한 군데.

'지하?'

세계수의 눈물을 흡수한 뒤 딕스의 능력은 측정 불능의 경지로 가파르게 성장했다.

딕스는 물의 척후를 땅속으로 파견했다.

척후가 광물을 발견하고, 물건을 찾는 일은 어렵다.

하지만 같은 속성의 물을 찾는 일은 결코 어려운 일이 아니다.

지하에서 존재감이 느껴진다.

많은 수는 아니다. 띄엄띄엄 존재하는 사람의 존재감이다.

모든 도시 아래에는 거미줄 같은 크고 작은 터널이 존재한다.

하수와 상수가 흐르는 통로다.

물의 척후가 감지한 자들은 이곳을 관리하는 자들일 것이다.

물의 척후는 더욱더 깊이 내려간다.

얼마 안 있어 물의 척후가 대량의 지하수를 발견해 보고해 온다.

지하수는 고여 있는 거대한 물 덩어리다.

유입은 있으나 유출은 매우 경미하다.

언제부터 이런 축적 현상이 있었는지 몰라도 물의 척후가 파악해 보내온 정보를 미루어 짐작하니…

'수도의 절반이 족히 수백 미터 아래로 주저앉겠군.'

빵빵한 물주머니가 지금 수도의 절반을 받치고 있는 형국이다.

제국의 수도는 그들도 모르는 사이 매일같이 썩은 구름다리를 걷고 있다.

저 지하의 다리가 무너진다면 제국의 심장은 반쪽이 되고 말 것이다.

물웅덩이는 지하 100미터 아래에 위치해 있다.

세계수의 눈물을 흡수해 능력이 크게 발전했기에 딕스는 이를 느낄 수 있었다.

또한 지금 가고 있는 아카데미 방향이 지하 물웅덩이와 가깝다는 점도 발견에 영향을 미쳤다.

딕스는 액체화 능력을 가지고 있었다.

그 상태에서 부피를 무한에 가까울 만큼 팽창시킬 수 있다.

아우셔와 20인의 그림자 마법사들이 바다를 머리에 이고 있다는 느낌을 받았을 정도이니 말이다.

지금 발견한 저 지하의 물웅덩이는 딕스만이 당길 수 있는 방아쇠다. 당장 그가 작정한다면 제국의 수도 절반을 침몰시킬 수 있다.

제국의 수도 루젠, 상주인구만 무려 2천만인 이 초거대 도시의 운명이 참으로 위태롭다.

마차는 어느새 아카데미 앞에 도착했다.

"다 왔어요, 딕스 씨."

여전히 상념에 빠진 딕스를 레나가 깨운다.

그제야 정신을 차린 딕스다.

딕스의 얼굴은 상기되어 있었고, 홍조가 감돈다.

두근두근.

단 한 방. 그 한 방을 날려 버리면 제국은 외부로 눈을 돌릴 수 없는 치명타를 입게 된다.

제국은 싫으나, 그 안에 사는 제국인들은!

"괜찮으세요?"

레나가 그를 빤히 올려다보며 묻는다.

그러다 그가 고개를 돌려 자신을 보자 급히 시선을 회피한다.

수줍은 소녀의 전형이다.

레나는 모르리라, 눈앞의 저 남자가 지금 무슨 생각을 하고 있는지.

　만약 그 내용을 안다면 그녀는 결코 이런 모습을 보이지 않을 것이다.

　"아, 괜찮아요."

　"저기 면회실이 있어요. 일반인은 아카데미 출입이⋯⋯."

　안 된다는 이 말이 어려워 얼버무리는 레나다.

　휴일이라 아카데미는 비교적 한산했다.

　가끔 아카데미 내 기숙사에서 생활하는 학생들이 정문을 통과할 뿐이다.

　레나의 안내로 면회실에 자리를 잡은 딕스는 그녀가 사 준 차와 바삭한 쿠키를 먹으며 올가를 기다렸다.

　하지만 그의 머릿속엔 온통 수도 아래 웅크리고 있는 거대한 물웅덩이로 가득 차 있다.

＊　　　＊　　　＊

　빈민들을 위한 의료 봉사 계획을 논의 중이던 올가는 레나의 방문을 받았다.

　레나로부터 딕스가 자신을 찾아왔다는 말을 듣자마자 올가는 동기와 선배들에게 양해를 구한 뒤 곧장 면회실로 내달렸다.

면회실 입구에서 옷매무새와 호흡을 가다듬은 올가.

"딕스 씨."

봄꽃처럼 환한 미소가 올가의 얼굴에 피어난다.

딕스는 올가를 맞이하며 자리를 권했다.

그의 맞은편에 앉은 올가는 잔뜩 흥분해 있었다.

딕스가 자신을 찾아왔기 때문이다.

쿵쿵쿵쿵.

올가의 심장은 기쁨과 설렘으로 수줍게 박동한다.

"휴일인데 학교에 오시다니 열심히 하시네요."

귀족가의 영애인 올가는 의사라는 힘든 직업을 선택했다.

그리고 그 직업을 통해서 여러 사람들을 돕기를 진심으로 그녀는 원하고 있었다.

싸움밖에 할 줄 모르는 딕스에게 올가는 그래서 특별해 보이는 사람이었다.

생명 하나하나를 사랑하고 아끼는 여자.

그에 비해 딕스는…

'나만 나쁜 놈 같군.'

행크, 올가, 레나, 로이, 그리고 수도에서 생활하며 알게 된 이런저런 사연을 가진 자들.

그들은 평범했고, 의로웠으며, 작은 것에 만족하며 제 꿈을 위해 치열하게 살아간다.

그런 자들이 그렇게 모여 살고 있는 이 도시.

알퐁소 시에서 만난 빈민가의 고아 남매, 아이나와 패튼이 그의 뇌리를 스친다.

만일 자신이 지하의 저 물웅덩이를 이용한다면 평범하게 살아가는 수많은 이들이 고통 받을 게 뻔하다.

실리와 감성.

딕스는 이 두 갈림길 사이에서 드러내지는 않았지만 갈등하고 있었다.

"저만 그런가요. 다들 열심히 살죠. 딕스 씨도 그렇잖아요."

올가가 예쁘게 웃음 짓는다.

그 모습이 눈부시게 아름답다.

제 일을 사랑하고, 제 꿈을 위해 노력하는 이라서 더더욱 그렇다. 올가와 같은 수많은 이들이 이 순간, 이 도시 곳곳에 있을 것이다.

그런 자들의 꿈과 삶을 빼앗는 일.

실리를 떠나 인간적으로 할 짓이 아니라는 생각이 딕스를 방문한다.

이는 꽤나 묵직하고 단단해 밀어낼 수도, 부숴 버릴 수도 없다.

"글쎄요. 한때는 제가 열심히 살면 모두가 행복해질 것이라고 여겼어요. 하지만 지금은 제가 더 열심히 살아갈수록 오히려 더 많은 이들이 불행해지는 것 같아요."

딕스의 말에 올가는 이해할 수 없단 표정을 짓는다.

그러다 곧 경제적으로 그가 어려워서 저러나 싶었다.

"일자리 구하기 힘드시죠? 저기, 괜찮으시면 제가 알아봐 드릴 수 있는데. 이건 딕스 씨를 동정해서가 아니에요. 우린 친구잖아요. 이런 생각은 바보 행크나 로이 선배, 그리고 레나도 같아요. 가끔 우리끼리 모이면 딕스 씨 얘기를 하곤 해요. 물론 나쁜 이야기는 없었어요. 맹세코!"

맹세를 유난히 강조하는 올가다.

그때 레나가 면회실 안으로 들어온다.

봄 햇살이 일남이녀를 포근하게 감싼다.

이 따뜻함만큼이나 두 여인은 딕스에게 친절했고 그가 현재 겪고 있을 경제적, 그리고 취업의 어려운 점을 함께 걱정해 준다. 두 여인 모두 딕스의 고민을 풀어주고, 힘이 되어주고 싶어 했다.

뮬 공국인, 제국인, 서로를 부르는 호칭은 다르지만 근본은 하나다.

행복을 추구하는 인간들이라는 점에서.

딕스는 올가와 레나의 진심을 맛보면서 지하에 웅크린 지하수를 이용할 계획을 유보했다.

'아깝지만… 버려야 할 패 같구나.'

하지만 다 버리지는 않을 생각이다.

저 멀리 아카데미의 뾰족한 건물 지붕 사이로 천벽의 건물이 보인다.

지하수를 이용해 저 건물과 그림자 마법사들만 침몰시키자. 딱 거기까지만.

딕스는 마음을 정했다.

이는 자신을 친구이자 동료로 생각하는 제국 친구들의 후의에 대한 보답이었다.

*　　*　　*

하루가 흐르고, 다시 하루가 흘러 클라우드에게 경고한 시간이 되었다.

딕스는 큰 후드 로브를 입었다.

마인 노도로 현신한 것이다.

시간은 정오. 직장인들이 고대하는 점심시간이다.

딕스는 올가에게 그녀의 부친과의 점심 식사 자리 마련을 부탁했다. 이에 올가는 기쁘게 그 자리를 마련해 주겠다며 그에게 약속했다.

딕스는 올가의 부친, 말슨 자작이 약속 장소로 향하는 것을 확인한 뒤 이처럼 움직이고 있었다.

천벽으로 향하는 대로를 당당히 걸어가는 큰 후드 로브의 사내.

펄럭.

대로를 따라 시원하게 불어오는 바람이 그의 로브 자락을 크게 휘날린다.

그의 존재감은 행인들의 시선을 잡아끌기에 충분했다.

우호적인 눈빛은 없었다.

"노도 흉낸가? 쯧쯧, 저러다 경을 치지. 경을 쳐."

"여기가 어디라고 코스프레지? 미친놈."

"덩치를 보니 애새끼는 아닌 것 같은데."

마인 노도의 상징인 큰 후드에 헐렁한 로브.

그 차림으로 관공서가 밀집한 대로를 저리 당당히 점유한 채 걷고 있으니 그를 바라보는 자들의 시선이 자연 이럴 수밖에 없다.

이들은 모르리라, 자신이 보고 있는 이자가 마인 노도 본인이라는 사실을.

그의 등장을 이처럼 가벼운 불쾌감으로 보는 시선만 있는 건 아니었다.

'노도가 나타났다!'

천벽의 본부 주변에 배치된 자들이 일제히 이 사실을 본부에 타진한다.

저벅저벅.

천벽을 향해서 곧장 걸어가는 그를 향해 치안대 복장의 두 남자가 찌푸린 얼굴로 다가온다.

이들은 그에게 말 한마디 붙이지도 못한 채 물의 주먹을 맞고 저 멀리 나가떨어졌다.

퍼억!

"크악!"

"컥!"

관심병 환자로만 그를 생각했던 행인들은 두 치안대 병사를 딕스가 날려 버리자 그제야 사태의 심각성을 깨달았다.

저건… 코스프레가 아니다.

진짜!

"꺄아아악! 노도다! 노도가 나타났어!"

"헉! 지, 진짜야!"

"다, 달아나!"

"으아아아아!"

허둥지둥.

점심식사를 위해서 느긋하게 식당으로 향하던 사람들의 안색이 돌변한다.

느긋했던 그들의 일상은 순식간에 풍비박산 났다.

우르르르.

단 하나의 공포에 하얗게 질린 채.

이히히히힝.

"이럇!"

대로에 진입했던 마차들이 일제히 말 머리를 돌린다.

그러다 지들끼리 부딪치고 악을 쓴다.

"비켜! 비키라고!"

"씨발, 네가 비켜!"

귀를 먹먹하게 만들던 소란이 잦아들었다.

드넓은 대로는 순식간에 황량한 황무지를 연상시킨다.

휘이이이.

펄럭.

소란의 장본인, 마인 노도.

그는 이에 개의치 않고 여전히 느린 걸음으로 천벽을 향해서 걸어간다.

저벅저벅.

우르르.

치안대원들이 전방에서 그 모습을 드러냈다.

저들의 긴장감이 황량한 도로를 가득 채운다.

"쏴!"

비단 전방에만 있는 것이 아니었다.

대로 좌우의 건물, 그리고 건물과 건물 사이의 골목에도 그들은 배치되어 있었다.

수백에 이르는 병사들이 일제히 석궁의 방아쇠를 당긴다.

쐐애애애애—액!

하늘을 새까맣게 물들이며 날아드는 강철 이빨의 화살 무더기.

츄아아아!

물의 검이 튀어나와 딕스를 감싸며 보호막을 만들었다.

화살은 모조리 튕겨 날아간다.

팅팅팅팅—!

일부는 바닥에 박혀 꼬리를 요란하게 흔든다.

딕스는 물의 검으로 도로를 후려쳤다.

콰지지직!

땅거죽이 직선으로 쭉쭉 갈라지더니 파도처럼 일어나서는 양옆으로 쓰러졌다.

자욱한 흙먼지.

경악한 치안대 병사들.

툭.

딕스의 손에 들린 원통형 막대에서 알갱이 하나가 바닥에 떨어진다.

그 순간 딕스를 중심으로 뿌연 안개가 폭발하듯 일어선다.

안개는 일대를 순식간에 장악해 버렸다.

그리고 그 안개 속에서 물체가 쓰러지는 소리가 속속 들린다.

수면 안개.

제국의 심장에 거침없이 등장한 딕스의 첫 선물이다.

때에에엥! 땡땡!

위급을 알리는 첨탑의 종소리.

제국의 자존심이 단 일인으로 인해 무너지는 치욕적인 순간이었다.

현악기의 길고 날카로운 음(音).

여섯 개의 물의 검이 하늘 높이 솟구친다.

그 움직임은 짙은 안개가 철저히 가린다.

높이 솟구친 물의 검은 천벽의 건물 여섯 방위를 장악한 뒤 맹렬한 회전을 일으킨다.

그러곤 빠른 속도로 지면을 향해 내리꽂힌다.

검이 향하는 곳은 맨땅이다.

무엇을 하기 위함일까? 아무도 모른다.

이를 시전한 딕스, 아니, 이 자리의 그는 마인 노도.

오직 그만이 알고 있을 뿐이다.

천벽의 벽주 이하 그림자 마법사들이 건물 정면에 나와 있었다.

이들의 숫자는 31명.

건물 내부에서는 상당수의 사람들이 긴장한 모습으로 창가에 다닥다닥 붙어서 밖의 동정을 살핀다.

콰드드드득.

단단한 무언가를 꿰뚫어 버리는 여섯 개의 관통음이 그 중심지로부터 퍼져 나간다.

물의 검은 땅속 깊이 파고들어 갔다.

그리고 그 아래 깊은 곳에 웅크린 거대한 지하수와 조우한다.

그 순간 지축이 요란하게 흔들렸다.

견고한 천벽의 건물이 몸부림친다.

건물 내부에 있던 자들이 일제히 경악성을 토한다.

벽걸이 수납장의 물품이 떨어지고, 바퀴 달린 의자가 멋대로 이리저리 움직이고, 창가에 붙은 이가 깨진 창문과 함께 아래로 추락한다.

"으아아아아아—!"

"꺄아아아아!"

투앙, 투앙, 퉁퉁퉁—!

건물의 뒤틀림으로 모든 창문이 일제히 바깥을 향해 터져 나간다.

투명한 그 파편들을 뒤집어쓴 사람들은 그제야 자신들이 안전하지 않을 것이라는 생각을 한다.

당황한 자들이 한쪽으로 기운 비스듬한 사무실을 뛰쳐나왔다.

복도는 순식간에 인산인해를 이룬다.

부딪치고, 밀리고, 넘어진다.

혼비백산한 자들은 이에 아랑곳하지 않고 건물 밖으로 빠져나가기 위해 아우성이다.

천벽의 벽주가 인상을 찌푸린다.

그림자 마법사들 역시 놀라긴 마찬가지다.

"땅속에서 분열 현상이 일어나고 있어!"

"물의 기운이 솟구치고 있다. 총 여섯 곳이다!"

여섯이란 숫자를 물의 그림자 마법사들이 알아차리고 외친다.

사실 좀 전까지만 해도 이들은 노도의 한 수를 보며 다들 헛웃음을 날렸다.

쓸데없는 짓거리라고 다들 그리 생각했었다.

한데 그것이 아니었다.

콰드드드.

숨길을 만난 지하수가 여섯 구멍에서 분출된다.

촤아아아악!

굉장한 소리였다.

그 소리에 사람들은 일순 귀가 먹먹해짐을 느꼈다.

물줄기는 100미터나 솟구친 뒤 우산처럼 펼쳐졌다.

땅의 구멍은 점점 커지고, 지축의 흔들림도 더 심해졌다.

혼비백산한 사람들이 건물 출입구로 우르르 쏟아져 나온다.

이를 본 천벽의 벽주가 천둥 같은 음성으로 소리쳤다.

그제야 두려움에 빠진 자들이 정신을 차렸다.

짧은 순간 찾아든 정적.

천벽이 자리한 대지를 감싼 빈 도넛 모양의 짙은 안개.

안개에 의해 천벽은 완벽하게 포위되어 있었다.

단 일인에게.

천벽의 벽주가 바람의 그림자 마법사들에게 안개를 날리

라고 지시했다.

바람의 그림자 마법사들이 앞으로 나와 바람을 일으켰다.

사람들은 시야를 가로막는 안개가 곧 날아갈 것이라 생각했다.

휘이이이이이ー!

거친 광풍이 사방으로 내달렸다.

찢어진 땅의 파편이 바람에 휘말린다.

유리 알갱이가 휘말린다.

사방으로 질주하던 바람의 힘이 안개를 들이친다.

안개는 크게 휘청거릴 뿐 물러서지도 흐트러지지도 않았다.

반고체 상태의 젤리처럼 흔들릴 뿐이다.

이 현상은 담담하던 천벽의 벽주마저 놀라게 만들었다.

쏴아아아악.

지면을 뚫고 하늘 높이 솟구친 물기둥이 점점 커진다.

그 속도는 몹시 빨랐다.

지하수가 빠져나오는 여섯 개의 구멍이 커질수록 건물은 용골이 앓는 소리를 냈다.

끼익! 끼이이이익!

묵직한 그 소리는 모두의 마음을 무겁게 짓눌렀다.

"헉! 거, 건물이 기운다!"

반토막 난 도를 땅에 박은 듯한 모습의 천벽 건물이 위태롭게 기울었다.

왼쪽으로 크게 기울었다가 다시 오른쪽으로, 그리고 앞뒤로.

그렇게 기울던 건물이 제 몸을 미친 듯이 떨며 아래로 가라앉기 시작했다.

거대한 흙먼지를 일으키며.

콰콰콰콰콰—!

"으아아악!"

강력한 진동에 의해 건물의 외피가 우두둑 떨어진다.

크고 작은 그 파편은 아래에 있던 사람들을 덮쳤다.

육신이 바스러지고, 비명이 폭발한다.

우왕좌왕한다.

어디로 가야 할지 알 수 없다.

사방은 젤리 같은 위력을 가진 안개가 포위하고 있다.

벽주는 다시 한 번 소리쳤다.

그 음성에 화답하며 그림자 마법사들이 움직였다.

땅의 그림자 마법사들은 건물의 침하를 막기 위해 땅을 다진다.

물의 그림자 마법사들은 안개를 분해하고, 물줄기를 틀어막는다.

바람의 그림자 마법사들은 하늘 높이 날아올라 안개 속에 몸을 숨긴 노도를 찾느라 혈안이다.

불의 마법사는 두 눈에 화광을 담고 공격을 준비한다.

"헉!"

"컥!"

"으헉!"

안개, 물줄기와 같은 속성을 가진 물의 그림자 마법사들의 입에서 일제히 다급성이 터진다.

이들의 몸이 분해되기 시작했다.

육신이 액체화되어 간다.

이는 그들이 자발적으로 한 행위가 아니었다.

외부의 힘이 그들을 그리 만들고 있었다.

이를 본 모두가 놀란다.

액체화된 모든 물의 그림자 마법사들이 물줄기에 흡수되었고, 안개에 흡수되었다.

그리고 이 흡수된 자들은 모두 안개 속 누군가에게 선물처럼 인도당한다.

"전력으로 안개를 뚫는다!"

동료들—물의 그림자 마법사들—이 모조리 액체화되어 흡수당하는 장면을 목격한 모든 그림자 마법사와 주변에서 이를 본 천벽의 직원들이 경악한다.

우르르르.

평범한 천벽의 직원들 중 일부가 장내의 질서를 유지하라고 소리친다.

소리치는 자들도 두려움에 그 얼굴이 하얗게 탈색되어 있다.

여기저기 터져 나오는 고함과 비명.

여전히 후드득 떨어지는 건물의 외피.

땅속으로 가라앉는 건물의 육중한 아우성.

하늘 높이 치솟았다가 땅속으로 파고들었던 물의 검이 여섯 줄기의 거대한 물기둥 속에 자리 잡고 앉아 제 힘의 일부를 담은 물의 암기를 사방으로 쏘아댄다.

그 숫자는 헤아릴 수 없었고, 쾌속함은 눈으로 따라잡을 수조차 없었다.

슝슝슝.

단단한 콘크리트 천벽 건물이 스펀지 치즈처럼 구멍투성이다.

하물며 인간의 몸이 어찌 여기에 버티겠는가.

"으아악!"

"꺄아악!"

천벽의 평범한 직원들은 물의 파편에 몸이 망가지고, 건물의 파편에 짓눌렸다.

그림자 마법사들이야 이 공격에 당할 리 없다.

그들은 각자 제힘의 근원으로 몸을 환원했다.

바람, 불, 땅이 된 인간들.

그들의 그 신비롭고 괴이한 모습이 눈앞에 펼쳐졌지만 천벽의 직원들은 이에 아무런 감상도 낼 수 없었다.

제 코가 석 자다.

제 발등에 불이 떨어졌다.

죽어가는 자들이 속출한다.

부상자들이 곳곳에서 도움을 호소하며 울부짖는다.

천벽의 건물은 더욱더 빠른 속도로 침몰한다.

이곳은 지옥이 되어버렸다.

한편 딕스는 물의 그림자 마법사들을 흡수한 뒤 이들을 제 몸 한구석에 응축해 두었다.

사막 낙타의 혹처럼.

거대한 도넛 모양의 안개 밖, 황군과 수도 방위군과 오러를 다루는 기사들과 마법사들이 출동했다.

이곳은 황궁과 가까운 곳.

마법사들이 골렘을 소환해 안개 속으로 파고들었다.

안개는 골렘을 받아들였다.

하지만 인간은 단 한 명도 받아들이지 않는다.

안개에 발을 디딘 자들은 지독한 수면 약에 취해 곧장 쓰러진다.

20여 기의 다양한 마법 골렘들.

안개 속에서 그 골렘들은 아무것도 할 수 없었다.

놈들은 하릴없이 떠도는 한가한 관광객이 될 뿐이다.

모두를 무력화시켜 버린 딕스.

지하에서 뿜어져 나온 물의 줄기는 더욱더 커지고, 그 영역을 확대했다.

이것은 딕스의 병사들이었고, 든든한 아군이었다.

그는 이곳에서 절대적인 위치에 홀로 선 존재였다.

"나, 노도를 건드린 놈들의 최후를 제국의 수도에 남기노라!"

벼락처럼, 천둥처럼 크고 우렁차며 힘찬 음성이 쩌렁쩌렁 사방으로 울려 퍼진다.

그 소리의 진원지를 향해 마법사들의 골렘과 천벽의 그림자 마법사들이 들이닥친다.

하지만 이들이 들이닥친 곳엔 아무도 없었다.

이들은 아군끼리 상잔했다.

마법사들의 골렘이 속성화된 그림자 마법사를 공격한다.

그림자 마법사들 역시 골렘을 노도와 연관된 하수인으로 보고 싸운다.

양측은 맞붙어 치열하게 싸웠다.

딕스는 이를 안개 속에서 지켜보며 무리에서 떨어진 그림자 마법사를 정확하게 제거했다.

평범한 천벽의 직원들이 모두 침몰하는 건물에서 나왔다.

모두가 무사하지는 못했지만 건물 내부에 있었다면 모조리 매몰되고 수장되었으리라.

이는 딕스가 저들에게 베풀어준 자비였다.

사람들은 모른다.

딕스가 굳이 이러한 성가신 방법으로 자신들을 공격하는 이유를.

그가 작심했다면 지금 같은 액션이 필요 없음을 말이다.

지하에 매설된 지뢰 같은 거대 지하수를 다른 곳으로 빼버리거나, 혹은 그 자신이 액체화되어 도심 상공을 장악해 소낙비 같은 물의 창을 퍼부어 버리면 간단하다.

딕스에게는 너무도 많은 훌륭한 패가 여러 개 쥐어져 있었다. 그 많은 패 중 딕스는 가장 번거롭고 귀찮은 방식을 선택했다.

인명 피해를 최소화하기 위해.

'친절한 녀석들에 대한 나의 큰 보답이다. 알아주는 이 하나 없겠지만.'

그렇다.

올가, 레나, 행크, 로이, 그리고 그 외 다수의 친절하고 건실한 제국인들.

그들을 몰랐다면 딕스는 이런 복잡한 방식의 공격을 채택하지 않았을 것이다.

그냥 닥치는 대로 모조리 쓸어버렸을 것이다.

남이니까, 적이니까.

그렇게 생각하며 냉정하게 도시를 익사시켰을 것이다.

안개 속으로 뛰어든 그림자 마법사들은 하나도 살아남지 못했다.

딕스는 천벽의 벽주를 바라보았다.

그리고 그 주변을 살핀다.

'클라우드 놈, 얌체처럼 빠졌군.'

천벽의 벽주를 비롯해 그 직원들이 모여 있는 곳에 클라우드는 없었다.

딕스는 천벽의 벽주를 혼란한 장내에서 납치했다.

어려운 점은 없었다.

천벽의 수장이니 그도 그림자 마법사와 같은 능력이 있지 않을까? 내심 생각했던 딕스는 그가 평범한 자라는 것을 납치를 통해서 알 수 있었다.

어째 저런 자가 천벽의 수장이 될 수 있었던 걸까?

속사정은 알 수 없지만 일단 데려가서 자연스러운(?) 대화를 통해서 밝혀내면 그만이다.

이제 천벽을 상징하던 특이한 구조물은 땅속으로 완전히 사라져 버렸다.

그곳엔 거대하고 깊은 구덩이만 남아 있다.

그 구덩이에서 죽어가는 맹수의 으르렁거림이 들린다.

그것은 요동하는 물의 거친 숨소리였다.

이 소리에 기겁한 자들이 사방으로 달아나다가 안개를 만나 픽픽 쓰러진다.

딕스는 안쪽 역시 안개로 덮어버렸다.

신음도, 비명도, 당혹성도 일순간 사라진다.

지독한 고요만이 감돌 뿐이다.

그리고 거대한 여섯 물줄기도 그 힘을 잃어버린다.

물줄기가 분출한 여섯 통로는 얼음으로 꽉꽉 채워져 있다.

딕스의 작품이다.

제국인들이 저곳을 조사한다면 수도 이전의 필요성을 뼈저리게 절감할 것이다.

지하에 고인 거대한 지하수를 무시했다간 도시의 절반이 침몰할 터이니 자살하고 싶은 마음이 없는 한 반드시 그럴 수밖에 없다.

아마 딕스가 저 지하의 고인 물을 건드리지 않았다면 지진이나, 혹은 그에 준하는 충격이 가해졌을 시 저 지하의 비밀이 밝혀졌으리라.

큰 재앙과 절망과 비통함 위에.

이러고 보면 딕스는 제국에 큰 은혜를 베푼 셈이다.

*   *   *

아버지와 약속한 식당에 딕스가 나타나지 않자 올가는 초조한 심정으로 내내 발을 동동 굴렀다.

아버지가 딕스를 만나고, 그가 원하는 방향의 요구를 들어주겠다는 확답을 얻기 위해 올가는 평소 하기 싫어 내내 도망 다녔던 일을 부친께 하겠다며 약속했다.

그렇게 어렵사리 자리를 만들었는데 부탁한 당사자가 나타나지 않으니 절로 애가 탈 수밖에 없었다.

식당에 말슨 자작이 도착한 후 올가는 좀 더 기다려 줄 것을 아버지에게 부탁했다.

말슨 자작은 불쾌했지만 자유분방한 딸이 제 성질을 죽이고 고분고분 명령을 따라주겠다고 했기에 꾹 참았다.

촌놈 취직자리 하나 알아봐 주는 건 자작에게는 일도 아니기에.

그때였다, 소란이 터진 것은.

자작은 딸과 함께 식당 테라스로 뛰다시피 나가 거대한 안개에 포위된 천벽을 보았다.

그리고 들리는 사람들의 음성을 통해 큰일이 발생했음을 깨달았다.

"노도가 천벽을 공격했대!"

"그 일대에 있던 사람들이 모조리 죽었대!"

죽은 자 하나 없다.

그냥 수면 안개에 취해 깊은 잠에 빠졌을 뿐이다.

하지만 소문이란 부풀기를 좋아하기에 다들 노도의 잔악성에 치를 떨었다.

그 순간, 말슨 자작은 자신이 지옥에서 빠져나왔다는 것을 알게 되었다.

노도!

어찌 자작이 그를 모르겠는가.

자신의 집을 방문한 노도로 인해 자작은 아직도 불면증에 시달리고 있었다.

한데 그 노도가 나타났다고 하니 그 이름을 듣는 순간 몸이 절로 반응한다.

부르르.

말슨 자작이 느끼는 이 공포감은 이제 제국의 악질 고질병으로 자리 잡는다.

마인 노도!

그 이름이 제국의 심장에 박혀 버린 것이다.

제3장

노도 척살령

DIX SAGA Ω

제국의 자존심을 무참하게 짓밟은 딕스는 천벽의 벽주를
곶감 빼듯이 납치해서 어느 한적한 창고로 끌고 왔다.

그가 벽주를 끌고 온 곳은 몇 날 며칠이 흘러도 인적 하나
없는 그런 곳이었다.

오래되고 낡은 부식된 벽 틈으로 햇살이 스며들어 온다.

딕스는 다리를 꼬고 의자에 앉아 있었고, 천벽의 벽주는 바
닥에 꿇어앉아 있었다.

수치스러운 자세였지만 천벽의 벽주는 놀랍게도 담담했다.

벽주의 이러한 모습은 그를 오랫동안 알고 지내온 자들 역
시 의외라고 여길 것이다.

"날 데려온 목적이 뭔가? 죽이는 게 더 손쉬웠을 텐데."

딕스는 상대의 태연한 반응이 의외였다.

대개 높은 자리에 앉아 있던 놈들은 하나같이 자부심이 강했다.

하나 천벽의 벽주에게서는 그런 모습을 찾아볼 수 없었다.

순응이라고 해야 할까?

상대하기 골치 아픈 복잡한 유형의 인간이란 생각이 그의 뇌리를 스친다.

고문? 그것은 가하는 사람이나 받는 사람이나 인간이기를 포기하는 행위다.

"고통과 죽음이 안중에 없다는 태도군. 뭐, 그런 자들이 가끔 있긴 하지만 내가 알기로 고고한 그 태도는 오래가지 않더군."

"고문하고 싶은가?"

"필요하다면 해야겠지. 물론 네가 적극적으로 협조를 해준다면 피차 짐승이 되는 일은 없을 거야."

"짐승이라… 고문을 경멸하는군. 마인 노도의 마음치곤 곱군. 후훗."

후드 속 딕스의 두 눈은 벽주의 얼굴에서 시선을 잠시도 옮기지 않았다.

상대는 샌님이다.

천벽이란 가공할 단체의 수장이란 작자치곤 이는 놀라운 일이다.

"사람은 양면성이 존재하지. 빛과 어둠이 존재하듯이 말이야."

딕스는 농도 짙은 살기를 표출했다.

천벽의 벽주는 의외로 담담하게 이를 받아넘겼다.

겉으로 보이는 모습만 보면 육신의 능력은 평범할지 모르나 정신력은 결코 평범하지 않다.

살기를 거둔 딕스는 냉랭하게 경고한다.

"나에게 이런 시간은 탐탁지 않아. 그러니 본론으로 들어가도록 하지. 되도록 내 성질을 건드리지 않았으면 한다."

"들어보도록 하지."

"그림자 마법사를 양성하던 비법인 주술은 어디서 구한 거지?"

"책에서."

벽주는 망설임 없이 대답해 주었다.

"책?"

"후훗. 인간의 모든 지식은 구전과 활자로 전해지지."

내용이 포괄적이다.

"놀리는 건가?"

"그럴 리가."

"틀린 말은 아니지. 좋아, 그건 넘어가 주지."

벽주는 우아하게 고개를 까딱인다.

처음부터 지금까지 벽주의 여유는 그 얼굴에서 떠나지 않고 머물러 있었다.

닭 모가지 하나 비틀 힘도 없는 저따위 샌님의 어디에서 저런 배포가 나오는 걸까?

"고맙군."

"그래, 네가 참고한 그 책은 어디 있나?"

"그건 나도 궁금한 부분이네."

"장난이 지나치면 안 좋아. 특히 나 같은 사람 앞에서는 더더욱 조심해야지. 이 점을 숙지해 줬으면 싶다."

"무섭군. 아, 내 진심이니까 오해는 말아줘. 그리고 너의 말, 유념하지, 노도 군."

앵앵거리며 사람의 신경을 긁는 자가 있고, 묵직하게 사람의 신경을 긁는 자가 있다.

천벽의 벽주는 후자였다.

경망된 자는 주둥이가 가벼워서 적당한 자극이 진실의 문을 열게 한다.

반대의 경우는 간접적인 자극이 필요하다.

간접 자극의 예로 가족과 연인이 좋은 재료가 될 수 있다.

하나 저자에게는 가족이나 친구가 없었다.

"음식 좋아하나?"

"선호하는 것은 있지."

"요리의 조리법은 참으로 다양해. 내 생각에 인류 최초의 고문가는 요리사가 아니었을까 싶어. 참고로 나도 한 요리 하거든."

강가에서 손쉽게 구할 수 있는 재료는 물고기다.

당신이 물고기를 잡았다고 치자.

일단 비늘을 벗긴다.

그다음에 배를 가르고 내장을 빼낸다.

속을 다 긁은 다음에는 소금을 뿌려서 불에 굽는다.

가장 간단한 요리 방법이다.

이 외에도 살을 얇게 뜨는 요리법도 있고, 나뭇잎에 싸서 뜨거운 재에 넣어두는 법도 있다.

이를 고문에 적용해 보라.

인간을 요리의 재료로 보는 시선… 참신하다.

처음으로 벽주의 얼굴에 미세하지만 변화가 일어났다.

"으음, 섬뜩한 이야기군."

"똑똑하군. 자, 그럼 쉽게 쉽게 가자고. 다시 한 번 질문하지. 그 책, 어디 있지?"

"같은 말의 반복인가? 식상하지만 난 자네가 무서우니 바른대로 말하지. 나도 모르네."

진짜 모르는 것일까?

천벽의 수장이?

딕스는 자신의 질문의 방향이 잘못된 것이 아닐까라는 생각이 들었다.

한편으론 자신이 벽주란 저 인물에 대해서 잘못 파악하고 있는 부분이 있지 않을까 싶기도 했다.

어쩜 저자는 힘을 갖추고 있을지 모른다.

자신이 앞서 보여준 힘을 정면으로 상대할 자신이 없어서 기회를 노리는 것이라면?

'필살기가 있다는 건가? 그렇다면 이를 먼저 꺾어야 할 듯 하군.'

딕스의 전신에서 마나가 뿜어져 나온다.

그 힘은 넓은 창고 안을 순식간에 가득 채우며 벽주를 짓누른다.

벽주의 눈살이 찌푸려진다.

하지만 그 이상의 변화는 벽주의 얼굴에서 찾아보기 힘들다.

반발력!

자신의 마나를 몰아내는 이 힘은 벽주의 힘이다.

'샌님은 가면이었나?'

피식.

딕스는 벽주를 더욱더 강하게 압박했다.

숨조차 제대로 쉴 수 없도록.

그러자 벽주의 몸에서도 만만치 않은 마나가 뿜어졌다.

드드드드드―!

낡은 창고 건물이 앓는 소리를 내며 먼지를 잔뜩 뿜어댔다.

만만치 않다.

딕스는 손쉽게 납치한 벽주가 실은 한 수를 숨긴 고수라는 것을 이를 통해서 느낄 수 있었다.

저런 힘을 소유한 자가 그땐 왜 그리 쉽게 잡혔던 것일까? 놈도 클라우드와 같은 부류일까?

딕스의 뇌리로 커다란 물음표가 떠오른다.

더 이상의 마나 충돌은 피차 피곤한 일이다.

외진 곳이긴 하지만 이곳은 여전히 적진이다.

"제국인들은 타협을 좋아하는군."

딕스는 자신의 마나를 거두었다.

그러자 벽주 역시 마나를 거두어들였다.

벽주의 입꼬리가 말려서 위로 올라간다.

"클라우드와 나를 비교하는 건가? 흠, 언짢군."

순간 딕스는 말문이 막혔다.

그래서 한참 벽주의 얼굴을 응시했다.

그때였다. 좀 전까지 보이지 않던 부자연스러움을 벽주의 얼굴에서 발견했다.

두 사람의 마나가 충돌하며 만든 결과가 아닐까 싶다.

후드가 딕스의 얼굴을 가리고 있었기에 벽주는 그가 자신의 어디를 보고 있는지 알지 못했다.

그래도 느낌이라는 게 있다.

그 느낌을 쫓아 벽주가 제 얼굴에 손을 댄다.

그곳은 딕스가 벽주의 얼굴에서 부자연스러움을 느낀 바로 그 위치였다.

"두 번째로군."

제 얼굴을 매만지며 벽주가 말했다.

두 번째? 무엇이 두 번째라는 걸까?

딕스가 묻지 않아도 벽주는 알아서 그의 의문을 해결해 주었다.

"루세니엘이 처음이었지."

벽주의 입에서 루세니엘의 이름이 언급된다.

그러고 보니 유독 벽주가 루세니엘에 집착한다고 클라우드가 전에 말해주었다.

루세니엘은 천벽의 배신자다. 그럼에도 그녀에 대한 벽주의 어감엔 그녀를 탓하거나 싫어하는 기색을 찾아볼 수 없었다.

슬픔에 근접한 감정이 벽주에게서 느껴졌다.

순간적으로 딕스는 혼란에 빠졌다.

자신이 모르는 뭔가가 루세니엘과 벽주 사이에 있다.

그것이 무엇일까? 혹시 저 가면을 벗겨 버리면 알 수 있을까.

딕스의 마음을 읽은 듯 벽주는 스스로 가면을 벗는다.

찌이익.

20대 초반의 굉장히 예쁜 남자의 얼굴이 중년의 얼굴 아래에 있었다.

남자의 얼굴이 저래도 되나 싶을 만큼 놀랍도록 아름다운 얼굴이었다.

그리고 그 얼굴에 존재하는 이질적인 부분. 귀!

'에, 엘프!'

놀랍게도 루세니엘처럼 천벽의 벽주도 엘프였다.

제국과 엘프… 저 전설의 종족인 엘프가 왜 제국의 하수인 노릇을 하는 걸까?

알 수 없다.

진정.

*　　　*　　　*

카타르 대륙 최강국 카페니스 제국.

범접할 수 없는 위엄으로 대륙을 내려다보던 제국은 치욕적인 일격을 당했다.

그것도 개인에게.

마인 노도.

제국의 황제가 기거하는 황궁의 턱밑에 위치한 천벽의 건물을 그것도 백주 대낮에 깨부수고 유유히 사라졌다.

제국의 황제는 분노했다.

아니, 두려웠다.

황제는 전국에 마인 노도의 척살령을 내렸다.

그의 소재지를 알리는 자에게 백작의 작위와 영토와 억만금을 하사한다고 선언했다.

그의 목을 가져오는 자에겐 후작의 작위와 영토와 억만금을 하사한다고 선언했다.

그를 생포해 오는 자에겐 공작의 작위와 영토와 억만금과 황녀를 하사한다고 선언했다.

황제의 선언은 온 대륙을 뜨겁게 달구었다.

마인 노도를 찾아라!

온 대륙이 마인 노도를 찾기 위해서 혈안이 되었다.

'후훗. 엄청난 포상이군.'

한 남자가 황제의 포고령을 복사한 종이를 들여다보며 미소 짓고 있다.

남자의 이름은 클라우드 폰 야니스.

황제의 배팅이 이 남자를 기쁘게 한다.

"아이게."

"예, 주군."

"먹음직스러운 미끼를 황제가 던졌군. 안 그런가?"

"어찌하실 생각이십니까?"

"명예와 실리를 동시에 얻을 수 있는 흔치 않은 기회지."

"그의 힘은 끝을 알 수 없습니다."

백작의 작위와 영토와 억만금에 연연할 클라우드가 아니다.

아이게는 이를 알고 있다.

후작의 작위와 영토와 억만금에 목을 맬 클라우드가 아니다.

아이게는 이를 알고 있다.

그러나 세 번째인 공작의 작위와 영토와 억만금과 황녀라면 이야기가 달라진다.

충분히 욕심낼 사안이다.

하지만 아이게가 콕 짚은 것처럼 마인 노도는 강해도 너무 강했다.

"난 첫 번째와 두 번째엔 흥미가 없네. 그건 자네도 알 거야. 그러나 세 번째에는 흥미가 동해. 그리고 그 세 번째를 해낼 수 있는 자는 이 제국에 나뿐이야. 아니, 대륙을 다 뒤져도 나뿐이지."

"그를 생포하시겠다는……?"

딕스 르 시리우스 백작이 등장하기 전까지 클라우드는 최연소 마법사라는 영예를 갖고 있었다.

하나 그 영예로운 자리도 딕스의 등장으로 밀려나고 말았다.

이는 클라우드의 자존심에 분명 상처가 된 일이다.

마인 노도의 정체를 몰랐다면 필시 클라우드는 딕스를 제거해 버렸을 것이다.

그에겐 그럴 힘이 충분히 갖추어져 있었으니까.

하지만 자신의 영예를 차지한 딕스가 노도임을 안 뒤로 그는 그 생각을 바꾸어 버렸다.

남들이 모르는 비밀, 그 비밀이 가져다줄 이익이 너무 컸기 때문이다.

그리고 실제 그 이익이 눈앞에서 먹음직스럽게 차려졌다.

"생포라… 그건 불가능하지."

"하면?"

"놈이 제 발로 포로가 되도록 만들어야지."

안 된다, 위험하다 따위의 말을 아이게는 하지 않았다.

황제의 선포 중 이 세 번째 조건이 다른 이들에겐 몹시 어려운 일이겠지만 노도의 정체를 알고 있는 그들에게 그 일은 식은 수프 먹기보다 쉬웠다.

문제는 뒤탈이다.

"그는 무시 못 할 후환거리가 될 것입니다, 주군."

"평생의 후환거리겠지. 살아 있다는 가정하에서. 후후."

"계획이 있으십니까?"

"있지. 하지만 확실하지는 않아. 그 계획의 확률을 알아보기 위해 잠시 떠나야 할 것 같아. 어차피 직장이 날아가 버렸으니까. 크크."

아이게는 젊은 주인을 말없이 바라본다.

그는 영특하고, 치밀하며, 담대하다.

한때는 그의 오만한 성격이 문제시되었지만 지금은 그때와 달라졌다.

그래서 그가 하고자 하는 일에 절로 믿음이 간다.

"수행원을 준비……."

"필요 없어. 한 일 년 걸릴 거야. 그동안 딕스 백작의 신분이 노출되지 않도록 신경 써줘. 내 당부는 이거야."

클라우드의 얼굴을 웃음기가 뒤덮는다.

대체 그가 말한 1년은 무엇일까?

알 수 없다.

제4장

떠나는 천벽주

천벽의 벽주.

그의 이름은 에세누아다.

그리고 이 남자의 가족도가 딕스에게 꽤나 묵직한 충격을 안겨주었다.

룩센, 아니, 루세니엘이 녀석의…

"루세니엘이 당신의 어머니라고?"

클라우드를 통해 천벽의 벽주가 루세니엘에게 지대한 관심을 갖고 있음은 알고 있었다.

하나 그것은 루세니엘의 특별한 능력에 대한 조직 차원에서의 관심이라고만 생각했었다.

클라우드 역시 그러한 느낌을 풍겼다.

누가 봐도 루세니엘은 다른 그림자 마법사들과 차별화된 인물이기 때문이었다.

한데 알고 보니 두 사람이 모자 관계였다니.

"그렇다."

에세누아는 다시 본래의 담담한 표정과 말투로 돌아와 있었다.

감정을 내고 거두는 것이 참 쉬워 보이는 녀석이다.

그러고 보면 루세니엘도 그와 비슷한 성격이었다.

연연함이 없다고 할까.

충격을 선물한 상대가 저리 태연하니 놀라고 있는 제 자신이 오히려 무색해지는 딕스다.

딕스는 제 감정을 겨우 추슬렀다.

따지고 보면 남의 일이 아닌가.

"그렇군."

상대가 저리 쿨 하게 나오니 그에 맞춰주는 것도 잘 배운 자의 예의가 아니겠는가.

딕스는 더 이상 자신과 에세누아 사이에 루세니엘을 세워 두지 않았다.

지금 두 사람에게서는 사무적인 느낌만이 풍긴다.

루세니엘의 아들, 적어도 그녀의 아들이라면 에세누아에게도 한 수가 있음이다.

그럼에도 순순히 납치되어 준 데에는 반드시 그 이유가 있으리라.

"아주 오래전 주술의 황금시대가 있었다. 그 시대에 살았던 우리의 선조들은 인류 역사상 최강이라 불리던 주술사의 방문을 받았다. 그의 이름은 카로얀. 당시 우리 종족의 임무는 이 땅에 남은 마지막 세계수를 지키는 일이었다. 하지만 어찌 된 일인지 선조들의 노력에도 불구하고 세계수는 점점 말라갔지. 우리의 지식과 지혜와 마법으로도 시들어가는 세계수의 회복은 불가능했다. 그때 나타난 인간의 주술사가 세계수의 회생을 대가로 거래를 요청했다."

에세누아의 말에 딕스는 귀를 기울였다.

시간이 없어 루세니엘에게 상세한 이야기를 듣지 못했던 딕스에게 에세누아의 이야기는 늪처럼 그를 빨아들였다.

딕스는 그의 말을 끊지 않았다.

오직 귀만 활짝 열어둘 뿐이다.

"세계수의 눈물이 바로 그것이다. 그것은 우리 종족에게 매우 소중한 보물이었다. 그래서 선조들은 인간과의 거래를 기피하셨지. 하지만 그의 숙적인 역천의 주술사 바라모스에 대해서 그가 말한 뒤 카로얀의 요청을 선조들은 수락했다. 덕분에 우리 종족은 세계수의 회복과 카로얀의 도움으로 평행차원에 우리만의 왕국을 무사히 건설할 수 있었다. 나의 선조는 카로얀과의 약속을 지키기 위해 왕국을 나오셨다. 그렇게 세상을 떠돌며 역천의 주술사 바라모스와 대적할 자를 찾아다니셨지. 고통스러운 세월이었다, 고향을 떠난 그 세월은. 그러다 우리는 '굳이 카로얀의 안배를 통해 바라모스를 상대할 이유가 있을까?' 라는 생각을 하게 되었다. 그래서 우린 방향을 바꾸었다. 우리가 직접 바라모스를 제거하는 것으로 말이다. 물론 그 전에 카로얀이 말했던 자를 찾아내면 약속은 지킬 생각이었다. 인간과 달리 우리는 약속의 무게를 소중하게 여기니까."

루세니엘이 자신에게 건네주었던 세계수의 눈물의 연유에 대해서 이제야 알게 된 딕스다.

저들의 선조가 찾으려 했던, 그리고 그토록 기다렸던 약속된 자가 자신이라는 것을.

과거의 약속을 지키기 위해서 대대로 고향을 떠나 부평초처럼 떠돌던 자들.

엘프니까 가능한 이야기가 아닐까 싶다.

일이백 년도 아니고 자그마치 수천 년을 대대로 떠돈다? 결코 쉽지 않은 일이다.

역시 약속의 종족이라 불리는 엘프답다.

"그런 너희가 왜 제국의 관료가 된 거지?"

카로얀과의 약속에 저들은 융통성을 발휘했다.

어차피 바라모스만 처리하면 카로얀과의 약속은 안 지켜도 된다.

저들 입장에서는 꿩 먹고 알 먹는 일이다.

결과는 자신으로 인해 저들이 발휘한 융통성이 쓸모없어 졌지만.

"바라모스의 흔적을 제국에서, 정확하게 말하면 천벽에서 발견했다. 네가 씨를 말려 버린 그림자 마법사. 난 어머니가 너를 발견하고, 너를 카로얀의 안배라고 했을 때 화가 났었 다. 인간 세상에서 살아오다 보니 나도 모르게 인간의 비효율 적인 감정을 배우고 말았다. 이에 어머니는 화를 내셨다. 물 론 그분의 성격상 언성을 높이거나 하지는 않으셨다. 그저 매 운……."

매운…

이다음에 이어질 말을 에세누아는 처음으로 난처한 기색 을 지으며 회피했다.

여기에 더해 한숨까지 내쉬었다.

딕스는 에세누아가 흐린 뒷말을 알 수 있을 것 같았다.

'자식에게도 칼질 했군.'

딕스가 기억하는 루세니엘이라면 충분히 그럴 수 있는 위 인이다.

그게 아니라면 아들의 재정 상태를 엉망으로 만들었거나.

딕스의 표정에서 그의 속내라도 읽은 것일까?

엘프는 민망한 기색으로 헛기침을 여러 번 토했다.

이를 통해서 '엘프도 부끄러움을 느낄 수 있다!'라는 것을

떠나는 천벽주 81

딕스는 알게 되었다.

역시 루세니엘만 이상한 엘프였다.

칼 휘두르는 고급 주정뱅이.

그런 이가 어머니거나, 연인이거나, 아내였다면…

'나 같으면 평생 가출하고 만다.'

내심 혀를 차는 딕스다.

하지만 에세누아를 보니 제 어머니에 대한 사랑이 몹시 깊은 것 같다.

자식을 놓으면 꼭 엘프와 같은 자식을 놓으리라.

딕스는 다시 한 번 청자의 자세를 견고히 한다.

"아무튼 그분은 재능자로, 난 관리로 천벽에 접근했다. 우린 두 방면으로 조사를 했지. 역천의 바라모스를 찾으려고. 주술의 흔적은 찾아냈지만 안타깝게도 놈에 대해선 끝내 알아내지 못했지. 그래서 나와 어머니는 다시 생각했다. 카로얀의 주술이 완성되지 않았듯, 바라모스의 역천의 주술도 아직 시기를 기다리는 게 아닐까 하고. 나와 어머니는 그래서 각자 바라모스의 혼이 담길 그릇과 세계의 진실을 담을 수 있는 그릇을 찾기로 했다. 어머니는 찾았고, 난 아직."

카로얀과의 약속을 엘프는 지켜냈다.

그러니 저들은 더 이상 인간들의 세상에 관여할 이유도, 머물러 있어야 할 목적도 사라졌다.

천벽의 벽주인 에세누아가 딕스에게 순순히 잡혀준 이유

도 바로 여기에 있었다.

세계수의 눈물. 그것을 그가 알아보았기 때문이었다.

하긴 엘프인 그가 어찌 이를 알아보지 못했겠는가.

당시 현장에서 에세누아가 그림자 마법사들과 진심으로 합심했다면 어쩜 천벽의 붕괴는 없었을지도 모를 일이다.

루세니엘처럼 에세누아도 제 어머니만큼 특별한 강함을 갖고 있다면.

아니, 이제는 루세니엘과 붙어도 이길 자신이 있는 딕스다.

"앞으로 어쩔 건가, 에세누아?"

"인간 세상은 알면 알수록 혐오와 허무만 쌓였다. 그래서 난 돌아갈 것이다. 나의 고향으로."

세계수의 눈물을 담은 루세니엘은 고향으로 돌아갈 수 없었다. 세계수의 눈물은 자신의 소멸이 동반되는 이전이기 때문이다.

그러나 에세누아는 아니다.

그는 오직 제 어머니를 돕기 위해서 인간 세상으로 나왔을 뿐이다.

인간 세상에서 긴 세월 살아온 에세누아. 그에게 인간 세상은 그저 더럽고 끔찍한 똥 무더기였다.

인간 사회를 동경한 엘프의 가출과 인간과의 사랑?

그건 허무맹랑한 동화 속 이야기일 뿐이다.

"그렇군."

딕스는 아쉬움을 느낀다.

에세누아가 현재의 위치를 유지하고 있으면 여러모로 도움을 받을 수 있다.

하지만 저 결연한 표정을 보니 이는 하지 않느니만 못할 것 같았다.

그리고 쓸쓸하게 죽은 루세니엘에게도 못할 짓이다.

"그 전에 알려줄 말이 있다."

"……?"

"클라우드, 그자를 조심하는 게 좋을 것이다. 나와 내 어머니가 예상한 바라모스의 그릇 중 하나가 클라우드였다. 그자는 음흉하고 속이 깊다. 그리고 여러 개의 얼굴을 갖고 있지. 원래 그의 성격은 이러지 않았다. 처음 제국의 황제를 의심했지만 그는 아니더군."

딕스 역시 제국의 황제를 의심하고 있었다.

그런 그에게 에세누아의 단언은 의외가 아닐 수 없었다.

그의 얼굴에 떠오른 의혹을 알아본 에세누아가 말했다.

"내가 해줄 말은 이것이 전부다, 노도."

"딕스. 이것이 내 이름이다."

"나에겐 상관없다, 네가 무엇이건. 그러나 이것 하나만은 상관있지."

에세누아가 갑자기 무게를 잡으며 마나를 풀었다.

깊은 숲 속에 온 듯한 청량한 마나다.

그 마나에 딕스의 심장이 반응했다.

두근두근.

'뭐지?'

뜻밖의 이 현상에 딕스는 의문을 느꼈고, 어지럼증이 일어날 만큼 크나큰 당혹감을 맛보았다.

눈빛이 날카로워진 딕스를 향해 에세누아가 말한다.

"세계수의 눈물, 그것은 너의 것이 아니라는 것이다."

"무슨 뜻이지?"

세계수의 눈물은 딕스와 완전히 결합된 상태다.

한데 이 힘이 자신의 것이 아니라는 저 말은 언젠가 세계수의 눈물을 회수하겠다는 뜻이 된다.

이는 딕스에게 사형선고나 마찬가지다.

운명의 적이라는 바라모스를 처치하는 대가가 자신을 희생시키는 것이라면 그 누가 이를 하겠는가.

딕스 입장에선 분노하고 또 분노하지 않을 수 없는 노릇이다.

"내 어머니에게 듣지 못했는가? 하긴 그런 걸 시시콜콜 이야기할 분이 아니시긴 하지."

이 중대한 이야기가 겨우 시시콜콜?

분노를 넘어선 감정이 딕스에게서 분출한다.

그의 흉험하고 살벌한 기세에도 에세누아는 아랑곳하지 않았다.

대체 저 자신감이란.

"말해라, 네가 지껄인 그 말의 뜻이 무엇인지!"

"괜한 말을 한 것 같군. 어차피 네 운명의 쓰임이 다하면 자연히 알게 될 일인데."

츠팟!

에세누아의 전신에서 쏟아져 나오는 마나의 양이 더욱더 많아졌다.

마나는 에세누아를 중심으로 원을 이루었고, 이 원이 빠르게 회전하며 주변의 것들을 끌어당겼다.

엘프의 모습이 점점 흐려지기 시작했다.

딕스는 그에게서 듣고자 하는 말을 다 듣지 못했다.

에세누아를 붙잡기 위해 딕스는 다시 한 번 힘을 발출했다.

안타깝게도 딕스의 그 강대한 힘조차 눈앞의 이 현상을 멈추지도, 막지도 못했다.

메아리처럼 에세누아의 음성만이 이 낡은 창고 안에 맴돌았다.

세상엔 공짜가 없다고.

'망할… 엘프!'

* * *

"망할 자식."

딕스의 입에서 도도한 강줄기처럼 욕설이 끊이지 않는다.

어찌 안 그러겠는가.

일이 척척 처리되어 가는 중에 똥물을 맞았음인데.

엘프!

이 씹어 먹어도 시원찮을 종자들.

눈에 띄면 모조리 그 껍데기를 벗겨 버리리라.

하지만 이 세상에 엘프는 더 이상 없다.

평행 차원? 그 우라질 괴상한 곳에 저들만의 왕국이 있다고 한다.

인간이 갈 수 없는 곳이다.

한숨 푹푹.

발걸음 묵직묵직.

금의환향은 바라지 않았지만 내심 자신이 이룩한 업적에 콧대가 하늘을 찔렀던 딕스에게 에세누아의 세상에 공짜는 없다는 마지막 멘트는 그를 우울하게 만들었다.

루세니엘, 그리고 그녀의 아들 에세누아. 이들 모자는 딕스에게 운명적 원수가 아닐까 싶다.

카로얀 대 바라모스.

딕스 대 엘프 모자.

피 토하는 심정으로 딕스는 집으로 가고 있었다.

마인 노도의 소문은 제국을 넘어 대륙 곳곳에 파다하게 퍼졌다.

소문에 살이 붙는 건 당연하다.

노도는 어린아이를 삶아 먹는 걸 즐긴다더라, 사람의 눈알을 파서 장신구로 만드는 취미가 있다더라, 노도가 제국을 못 살게 군 것은 제국의 사탕이 맛이 없어서라더라와 같은 말들이 풍성하게 나돌았다.

다른 때였다면 딕스는 자신에 관해 퍼진 이 과장된 소문에 티끌만큼이라도 반응했을 것이다.

하지만 지금의 딕스는 그 정신이 아주 먼 곳으로 출장 중에 있었다.

한마디로 넋이 빠졌다고 봐야 한다.

억만금을 쌓아두었다.

절세 미녀 셋과 결혼할 일만 남았다.

부모님과 형제들 모두 건강하고 하는 일마다 순풍에 돛 단 듯하다.

힘도 철철 넘치고 권력도 빵빵하다.

뭐 하나 부족한 게 없다.

이제 그걸 누리면서 벽에 똥칠할 때까지…

'…그렇게 살줄 알았는데. 이런 개새 같은 엘프 모자 연놈이 내 인생을 망칠 줄이야.'

세계수의 눈물로 인해 큰 힘을 얻었을 때 태산 같은 자신감이 고개를 내밀었다.

제 인생이 탄탄대로인 줄 알았다.

너무 큰 행운이라 살짝 겁이 나기도 했다.

행운과 불행.

운명이 정한 이 알뜰한 공식이 이번에도 딕스를 찾아와 괴롭힌다.

바라모스.

놈이 왜 역천을 꿈꿨는지 딕스는 진심으로 그를 이해할 수가 있었다.

하늘이 이리도 가혹한데 그 아래 사는 놈이 언제까지 고분고분하랴.

"왜 나만 궁지에 모는데! 이 빌어먹을 하늘아! 아르온아!"

하늘과 유일신을 싸잡아 욕하며 광분하는 딕스다.

그를 본 사람들이 그의 눈치를 살피며 슬금슬금 피한다.

하아.

길길이 날뛰다가 곧 긴 한숨과 함께 딕스는 터벅터벅 넋 놓고 걷는다.

그러다 문득 하나의 생각이 그의 뇌리를 스친다.

'바라모스랑 안 싸우면 되잖아!'

운명? 엿이나 사 드시라고 해라.

상품도 상금도 없는 대회에 누가 참가하랴.

딕스는 절대 바라모스와 싸우지 않을 결심을 한다.

필요하다면 그와 동업까지 할 생각이다.

빠드득.

*   *   *

딕스의 저택에선 봄맞이 대청소가 한창이다.

창문과 복도와 각 방과 정원, 연못, 조각상 기타 등등.

저택에 일하는 수십 명의 남녀가 요소요소에 붙어 내리 3일간 청소 중이다.

평소에 꾸준히 관리를 해주었기에 대청소라곤 하지만 전체적인 점검 그 이상은 아니었다.

그럼에도 3일간 청소 중인 것은 저택의 규모가 만만치 않아서다.

하녀들이 빨래 더미를 들고 세탁실을 수시로 드나든다.

마당마다 빨랫줄이 길게 몸을 뻗었고, 그 줄에 색색의 옷들과 각 방의 커튼과 베갯잇들이 싱그러운 바람에 우아하게 나부낀다.

커다란 대야에 담긴 이불 빨래를 양손으로 치마를 잡아 올린 두 여인이 첨벙거리며 밟는다.

날씬하고 새하얗게 반짝이는 다리.

그 다리가 한 번씩 위아래로 움직일 때마다 물방울이 그녀들의 머리 꼭대기까지 도약한다.

물방울이 두 여인을 감싸며 영롱한 빛을 낸다.

미끌.

금발의 여인이 스탭이 꼬이는 바람에 미끄러졌다.

보통의 경우 비명이나 억눌린 신음이 흘러나올 법한데 금발의 미녀 입에서는 아무런 말도 나오지 않았다.

숨넘어가는 소리가 고작이다.

"앗! 레이첼!"

시모나가 재빨리 손을 뻗었다.

레이첼을 잡기에는 그녀의 타이밍이 늦었다.

대야 밖으로 넘어질 위기.

한데 그 위기를 만났음에도 레이첼은 땅바닥에 떨어지지 않았다.

반투명한 엷은 물의 막이 레이첼의 상반신을 아래에서 받쳐 주었다.

물의 막 덕분에 위기를 넘긴 레이첼은 어리둥절한 표정으로 두 눈을 끔벅거렸다.

놀라긴 시모나 역시 마찬가지였다.

중심을 잃어 넘어지던 레이첼.

지금도 그녀의 자세는 몹시 불편했다.

특별한 훈련을 받지 않고서는 도저히 저리 버틸 수 없다.

투명한 물의 막이 레이첼의 상반신을 올려준다.

"레, 레이첼… 너, 무슨 운동해? 어떻게 그 상태에서 중심을 잡을 수 있어?"

황당한 표정과 번개 같은 수화가 시모나에게서 나온다.

그녀의 표정과 수화를 보느라 레이첼의 눈이 바쁘다.

[등을 누가 받쳐 주는 것 같았어요, 언니.]

수화로 뜻을 전한 레이첼은 어리둥절한 표정으로 뒤를 살핀다.

하지만 그 어디에도 사람은 없었다.

물의 막은 그녀를 일으켜 준 뒤 작은 물방울이 되어 사방으로 흩어진 뒤였다.

두 여인은 신비로운 이 현상을 전혀 보지 못했다.

"등을?"

대야에서 나온 시모나가 레이첼의 후방을 살폈다.

젖은 잔디 위엔 사람의 무게가 머문 꺾임이나 휨이 없었다.

레이첼이 없는 사실을 말할 리도 없고.

[언니, 뭘까요?]

"글쎄, 나도 잘……."

빨래하기 좋은 화창한 5월임에도 이 순간 두 여인은 어둠에 휩싸인 폐가에 갇힌 듯한 오싹함을 느낀다.

이곳엔 현재 레이첼과 시모나 단둘뿐이다.

시모나가 레이첼을 보호하듯 선다.

그때였다, 두 사람이 이불 빨래를 하던 대야의 물이 꿈틀거리며 분수처럼 솟구쳐 오른 것은.

"어멋!"

"헙!"

하늘 높이 솟구친 물줄기가 방울이 되어 넓게 퍼져 나간다.

햇살을 받은 물방울이 보석처럼 찬란하게 빛난다.

그 아래로 여러 개의 아기 무지개가 사방으로 다리를 놓았다.

아름답고 신비로운 장면이었지만 두려움을 느끼던 참이라 두 여인은 이를 즐겁게 볼 수가 없었다.

흠칫.

겁먹은 표정으로 안채로 뛰어가려던 두 사람의 발목을 잡는 활달한 목소리.

"귀환 선물인데 달아나면 이상하잖아."

빨랫줄에 널린 빨래가 펄럭이며 그 사이로 한 남자가 방긋 웃으며 걸어 나온다.

파란 머리칼의 더벅머리 총각이다.

시모나와 레이첼의 눈이 동시에 화등잔만큼 커진다.

두 여인의 눈동자가 기쁨을 담고서 크게 출렁거린다.

"딕스 님!"

5월의 햇살보다 더 눈부시고 하얀 이를 드러내며 모습을 완전히 드러낸 남자.

그는 딕스였다.

시모나와 레이첼이 동시에 그를 향해 뛰어온다.

딕스는 두 팔을 활짝 벌려 두 여인을 품에 안았다.

지난 몇 개월간 잠적했던 제 연인의 품속에 푹 안긴 두 여인.

이들의 정수리에 입맞춤한 뒤 호탕한 음성으로 딕스가 말한다.

"그동안 안 먹은 거야? 왜 이리 마르고 키도 작아졌어?"

마인 노도로 활동하던 몇 개월 사이 딕스의 키는 5센티미터나 자라 있었다.

그러다 보니 상대적으로 두 여인이 작고 왜소해 보이는 딕스다.

"딕스 님."

딕스를 올려다보며 시모나가 눈물과 웃음을 작은 얼굴에 드러낸다. 레이첼도 자신의 기쁨을 마음껏 보여준다.

딕스의 입술이 이번엔 두 여인의 팽팽한 이마에 짧게 안착한다.

사랑스럽다.

아름답다.

자신을 향해 웃어주고, 반가움의 눈물을 보여주는 두 여자가 좋다.

멀리서 자신의 집을 봤을 때는 '아, 집에 왔구나!' 라는 소감이었다면 지금은 '진짜 집에 왔구나!' 라는 감동과 안정감이 딕스의 마음속에서 꽉 차오른다.

"어디 갔다 오셨어요. 참, 아버지도 와 계세요."

전격의 파울이 이 집에 있는 것은 딕스가 부탁했기 때문이다.

입이 무거운 파울은 이를 제 딸에게도 알리지 않았다.

'역시 사부다!' 라고 생각하며 딕스는 두 사람을 뼈가 으스러질 듯 안는다.

네 개의 몰랑몰랑한 젖가슴이 딕스의 양 가슴팍을 짓누른다.

기분… 쩨진다.

"빨래하던 두 사람의 모습이 엄청 섹시하던데? 하하."

딕스는 두 사람이 빨래하는 장면을 30분 전부터 쭉 지켜보고 있었다.

그 모습이 참 보기 좋았다.

물방울을 튀기며 웃는 얼굴과 건강해 보이는 그녀들이 보기 좋았다.

양팔에 한 명씩 끼고 딕스는 안채로 향한다.

각 방에서 이불을 걷어오던 하녀들이 딕스를 알아보곤 황급히 예를 올린다.

"다들 오랜만이야. 하하!"

딕스, 집에 돌아왔다.

제5장

무엄한 놈

딕스는 전격의 파울과 한 테이블에 앉아 있다.

테라스로 쏟아져 들어오는 햇살이 유백색 대리석에 반사되어 방 안을 환하게 밝힌다.

똑똑.

노크와 함께 들어온 젤이 봄 햇살처럼 따뜻하고 맑은 웃음을 흘리며 테이블에 차와 다과를 내려놓는다.

"고마워, 젤."

"주인님, 왕궁에서 연락이 왔습니다. 공주님께서 입궁하라고 하십니다."

"응, 알았어."

젤이 나가자 전격의 파울이 입을 연다.

"콩나물처럼 쑥쑥 크는구나. 그래, 갔던 일은 잘 처리했느냐?"

제국을 휩쓴 마인 노도의 풍문을 귀에 딱지가 앉게 들었던 파울이다. 하지만 그 인물이 눈앞의 제자일 것이라곤 전혀 생각하지 못한다.

미치지 않고서야 어느 누가 제국을 상대로 그와 같은 대결을 펼칠까.

이는 전격의 파울 역시 할 수 없는 일이다.

더욱이 제국 변방도 아니고, 그들의 안방까지 쳐들어가 제국의 중요 기관을 박살 내버렸으니.

"그럭저럭 처리했습니다. 두 번은 못 할 일이었죠. 하하."

"그런데 그 친구는 안 보이는구나."

파울이 말한 그 친구야 당연 루세니엘이다.

그녀의 아들에게 세계수의 눈물에 대해 듣지 못했다면 딕스는 자신에게 큰 힘을 선물하고 먼지처럼 사라진 루세니엘을 추모했을 것이다.

하나 지금은 그녀의 이름을 듣자 절로 이가 갈렸다.

딕스의 얼굴에 떠오른 불쾌감을 본 파울은 내심 고개를 갸웃거렸다.

"제 갈 길 갔습니다. 그보다 제가 부탁한 일은 어찌 되었습니까?"

뮬 공국의 수도에 그림자 마법사가 정체를 숨기고 숨어 있다.

딕스는 이를 듣자마자 파울에게 연락했다.

전격의 파울의 성격상 적을 턱밑에 두는 짓은 하지 않는다.

그러니 놈의 정체를 파악했을 것이라고 딕스는 내심 짐작하며 물었다.

파울은 딕스를 실망시키지 않았다.

"네 부탁대로 신분만 파악하고 지켜보고 있었다."

"아, 역시 사부십니다. 하하."

"흠, 그를 어찌 처리할 생각이냐? 은밀히 제거하는 편이 낫지 않겠느냐."

"아뇨, 놈은 제가 알아서 처리하겠습니다."

놈은 클라우드의 수하다.

에세누아는 클라우드에게 비밀이 있다고 했다.

그 비밀은 아마 바라모스와 연관된 것이리라.

이 생각이 맞으면 좋고, 아니면 일단 클라우드와 선을 대두고 향후 자신의 거취를 정할 생각인 딕스다.

클라우드가 바라모스의 영혼을 담을 그릇이어도 좋고, 아니어도 그만이다.

전자라면 놈과 인간적으로 마주 앉아 평화 협정을 맺을 생각이다.

카로얀의 안배를 완성한 자신을 놈도 꺼릴 테니까.

대륙 북쪽은 자신의 영역으로 인정받고 그 아래는 바라모스가 구워 먹든 삶아 먹든 알아서 하라는 제안을 할 생각이다.

이는 자신을 끊임없이 농락한 하늘에 대한 반항이다.

"아이들을 붙여주겠다."

"저 혼자서도 충분해요. 주소나 가르쳐 주세요, 사부."

"실수는 언제나 자만에서 나오는 법이다."

그림자 마법사의 위력을 알기에 파울은 자신감을 엿보이는 제자의 모습에 걱정을 드러냈다.

하나 그가 어찌 알랴. 딕스가 그림자 마법사들의 천적임을, 그리고 그가 대륙을 뜨겁게 달군 마인 노도임을 말이다.

이를 안다면 파울은 자신의 노파심에 헛웃음만 흘렸으리라.

"전 어떤 경우라도 제 목숨을 걸고 자만 안 해요. 사부도 아시면서. 하하."

지난날 장장 19개월간 자신을 괴롭히며 쑥쑥 성장한 제자였다. 당시 딕스에게 수시로 당할 때마다 파울은 어처구니가 없었다.

그 어처구니가 오기가 되었다.

19개월.

말이 쉽지 누군가를 쫓아다니기에는 참으로 긴 세월이다.

오기의 남자 전격의 파울.

얍삽하고 영악한 저격자(?) 딕스.

그랬던 두 사람은 이제 사제지간이 되었고, 그 관계가 발전해 장인과 사위로 자리매김하고 있었다.

당시의 그 일은 딕스와 파울, 두 사람만의 비밀이다.

"몸 사리는 데 너만큼 뛰어난 자질을 갖춘 녀석도 없지. 그럼에도 불구하고 엄청난 발전을 한 걸 보면… 하아, 미스터리야. 미스터리."

"사부, 저도 제 나름대로 빡세게 살아왔습니다. 노력도 했고요. 그러니 오늘날의 제가 있는 겁니다."

"잘난 척은."

으스대는 딕스의 모습에 파울은 가벼운 너털웃음을 터뜨렸다.

"제가 성장형 미남이잖아요."

"그래그래, 너 잘났다. 여하튼 조심해라. 운명의 갈림길은 순간에 정해지는 법이다."

"명심 또 명심하겠습니다. 저… 사부."

"말해보아라."

"이제 저도 성년이 됐으니까 가정을 꾸렸으면 합니다."

딕스의 말에 파울은 크게 반색했다.

"정말이냐?"

"저도 이제 여물 만큼 여물었습니다. 어떤 상황에서든 제 식구들은 건사할 수 있단 뜻이죠. 문제는……."

"문제?"

"시모나와 레이첼과는 언제든 식이 가능한데 공주님이 좀 걸려요."

"하긴 일국의 공주니 절차가 복잡하겠구나. 그런데 네 어감이 좀 그렇구나. 내 딸과 레이첼이 무슨 떨이 물건도 아니고. 흠."

사실 파울은 엘리자베스 공주와 딕스가 연결되는 걸 반대하는 입장이다.

이는 자신의 딸이 엘리자베스 공주 밑에서 시집살이를 하지 않을까 하는 생각에서였다.

엘리자베스 공주를 몇 번 만나 대화도 나눠보고 해서 그녀가 그런 인물이 아닌 것은 알았지만 그래도 아버지의 마음은 또 안 그렇다.

"설마요! 제겐 공주님이나 시모나, 레이첼 모두 다 소중한 사람들입니다. 누가 낫고 아니고 그런 거 절대 없습니다."

"끼니마다 기름통을 먹는 것이냐? 어찌 그리 매끈하게 말을 잘하누. 입심 하나는 거의 9클래스급이구나."

"언젠가 9클래스도 제가 정복할 겁니다. 전 천재 마법사니까요."

"쯧쯧, 말장난은 됐고, 그래서 네가 원하는 게 무엇이냐? 내게 뭔가를 바라는 표정이 역력해 보인다."

"보였어요? 역시 사부십니다. 그럼 가감 없이 말씀드릴게요."

생선 가게 앞에 앉은 고양이를 본 적 있는가.

놈의 눈빛을 본 적 있는가.

지금 딕스의 자세와 눈빛이 생선 가게 앞 고양이를 닮았다.

이에 파울이 꺼림칙한 표정을 짓는다.

"으음, 해봐라."

"음지의 그림자단 좀 빌려주세요. 저도 양심이 있으니 완전히 달라고는 말 못 해요. 저 참 괜찮은 녀석이죠? 헤헤."

음지의 그림자단은 파울이 심혈을 기울여 키운 조직이다.

그들은 자이라족의 정기이며 미래다.

한데 그런 조직을 빌려 달라고 한다.

아니, 제자의 표정을 보니 빌려 간 뒤 돌려줄 것 같지도 않다.

"완전히 달라는 것이냐? 아니면 진심으로 빌려 달라는 것이냐? 네 말과 표정이… 영 일치하지 않는구나."

"에이, 제가 날강도도 아니고 음지의 그림자단이 사부와 자이라족에 어떤 조직인지 다 아는데 양심도 없이 날름하겠어요. 제자를 어찌 보고 그리 섭섭한 멘트를 하시는지."

"내가 빌려주면 그들을 어찌 부릴 생각이냐? 그리고 언제 되돌려 줄 생각이냐?"

"잘 부릴 거고요. 때가 되면 돌려 드릴게요."

"도둑놈."

"사위가 다 그렇죠, 뭐. 하하."

"끄응, 알았다. 대신 조건이 있다."

"경청하겠습니다."

딕스는 자세와 표정을 바로잡는다.

파울에게 음지의 그림자단이 어떤 조직인지 아는 이상 더는 가볍게 나갈 수 없었다.

제자의 진지한 모습에 파울은 내심 흡족함을 느꼈다.

"자이라를 끝까지 책임져라. 그것이 내 조건이다."

"맹세합니다, 사부."

＊　　　＊　　　＊

딕스 르 시리우스 백작으로 당당히 왕궁에 입궁하는 길.

작은 창문 밖 스치는 경물들이 유독 그의 눈에 곱게 들어온다.

잠시 이를 감상하던 딕스는 곧 사부의 조건을 떠올리며 피식거렸다.

'내가 그리 예쁜가?'

다 퍼주는 남자.

딕스에게 파울은 그런 남자이자 사부이며, 조만간에 정식으로 장인이 될 분이다.

아무튼 인생의 귀인을 만나 재물과 아내와 세력까지 얻었으니 이만 하면 대박이라 하지 않을 수 없다.

그래서 딕스는 사부의 노후와 시모나를 더욱더 알뜰히 챙겨주어야겠다고 다짐했다.

받은 만큼 돌려준다.

이것이 딕스의 성격 저변에 깔린 기초가 되는 성향이다.

왕궁에 도착한 딕스는 사람들의 극진한 환대를 받았다.

시리우스 영지의 영주이자 백작이며, 마법사인 그를 무시할 배짱을 가진 자는 없다.

또한 평소 사람들에게 좋은 인상을 심어주었기에 지위 고하를 막론하고 그를 아끼고 좋아했다.

"오랜만입니다, 딕스 백작님."

엘리자베스 공주의 유모이자 공주 궁의 시녀장인 루시 데브랜더가 마중 나와 있었다.

예전과 달리 루시 시녀장은 마치 사위를 맞는 장모의 태도다.

"루시 시녀장님, 그간 평안하셨습니까."

"여행을 가셨다고 들었습니다. 젊은 날의 여행은 삶의 자양분이 되죠. 이리 건강하게 돌아오셔서 진심으로 기쁩니다."

"반갑게 맞이해 주셔서 감사합니다."

공주 궁 입구에 도착하자 시녀들이 길 좌우에 서서 주인을 맞듯 딕스를 맞이했다.

환대도 이런 환대가 없을 것이다.

더욱이 이곳이 어딘가. 왕궁 중에서도 가장 깊숙한 곳에 위치한 공주 궁이 아니던가.

공주 궁으로 들어선 딕스는 접견실을 지나 곧장 공주의 침실로 안내받았다.

서재와 응접실은 가보았지만 공주의 침실은 딕스 역시 이번이 처음이었다.

그래서 그는 얼떨떨함과 약간의 당혹감을 느꼈다.

딕스 본인만 모르고 있었지, 국왕 내외와 대소 신료들에게 그는 이미 부마로 여겨지고 있었다.

문을 열어준 시녀장이 그를 향해 야릇한 웃음을 던진 후 총총걸음으로 사라졌다.

긁적긁적.

부담감에 딕스는 제 머리를 긁적이며 문턱을 넘었다.

"공주님, 저 왔습니다."

딕스는 문가에 서서 인기척을 냈다.

그녀와는 연인이지만 공주의 궁이다 보니 이목에 신경이 쓰여서다.

한데 내부에선 아무런 소리도 들리지 않는다.

사람이 안에 없느냐, 그것도 아니다.

왼쪽 금박이 입혀진 문 안쪽의 존재감을 물의 척후가 이미 파악해 그에게 알려주었다.

욕실은 아니다.

욕실이면 물의 기운이 충만해야 하는데 그렇지는 않다.

저 방은 뭐하는 방일까?

궁금해하던 차에 문이 열리고 그곳에서 공주가 걸어 나왔다.

약간 상기된 표정과 조금은 화난 표정이 공주의 예쁜 얼굴에 뒤섞여 있었다.

내심 공주로부터 잔소리깨나 들을 각오를 했던 딕스다.

제국행은 극비로, 이는 공주도 몰랐다.

"대체 어딜 쏘다니다가 이제야 온 거야!"

공주의 바가지에 딕스는 겸연쩍은 듯 웃는다.

능글맞은 구석도 보인다.

탁.

문가에서 더 이상 전진하지 않던 딕스는 문을 닫고 성큼성큼 공주를 향해 걸어갔다.

몇 개월 전보다 딕스는 크게 성장해 있었다.

비단 신장만이 아니다.

사나이의 분위기가 더욱더 물씬해져 있다.

흠칫.

내 남편의 방랑벽은 가정을 파괴한다! 그러니 이를 초장에 확 뜯어고쳐야겠다고 단단히 벼르고 별렀던 엘리자베스 공주였다.

시모나와 레이첼에게 이를 맡길 수 없었기에 셋이서 머리를 맞대어 의논한 결과 공주가 총대를 멨다.

그래서 좀 사나워 보이는 화장과 의복까지 했는데, 오히려 기선을 제압당하고 말았다.

공주가 상대하는 남자가 딕스가 아니었다면 확실히 성공

했을 작전이다.

딕스는 공주의 가느다란 허리를 단숨에 휘어잡았다.

공주의 입에서 숨넘어가는 당혹성과 달콤한 입김이 나온다.

"킁킁. 딸기 주스 마셨구나."

"이, 이게 무슨……."

"왜? 내 여자 안으면 안 돼? 그사이 공국법이 바뀐 거야?"

딕스의 거침없는 행동과 말투에 공주의 얼굴은 부끄러움으로 딸기 주스처럼 변한다.

그 모습이 귀여워서 딕스는 참고 있던 대소를 터뜨렸다.

그제야 주도권을 빼앗겼다는 것을 알게 된 공주가 불만을 토하듯 입술을 삐죽인다.

"뭐지? 마중 나온 그 입술. 뽀뽀하고 싶어?"

"나, 난 공주야!"

"응, 알아."

천연덕스러운 그의 대꾸에 공주는 할 말을 잃는다.

그래도 세운 계획이 있어 좀, 아니, 많이 삐걱거렸지만 유지하려 애쓴다.

"예, 예의를… 아니, 변명부터 해야잖아! 지난 몇 개월간 연락 한 번 없이 뭐 하고 다녔어!"

공주는 이제야 제대로 된 궤도로 돌아왔다고 믿었다.

아니, 믿고 싶었다.

하지만 그녀의 믿음은 훅 들어온 딕스의 입술로 인해 완전히 깨지고 말았다.

　기습 돌파의 전법을 제국에서 몸소 실천했던 딕스의 주옥 같은 그 경험이 공주의 계획보다 월등히 앞섰다는 게 여기서 증명된다.

　"읍!"

　저돌적인 그의 기습 키스.

　아니, 어느 정도 공주도 예상했던 전개다.

　그가 자신의 입술을 얘기했을 때부터 그녀의 신경은 내내 제 입술에 가 있었으니까.

　쪽.

　부끄러움과 황당함이 역력한 공주의 입술에서 떨어질 적에 딕스는 의도적으로 소리를 크게 냈다.

　공주의 얼굴이 장미꽃으로 만발한다.

　화끈화끈.

　여기에 딕스는 큰 한 방을 먹인다.

　공주의 촉촉한 입술을 제 혀로 핥아버린 것이다.

　발그레.

　후끈후끈.

　"어, 어디서… 모, 못된 것만 배워왔나 봐."

　겨우 정신을 차린 공주가 딕스의 가슴팍을 민다.

　이에 밀릴 딕스라면 이런 일은 저지르지도 않았다.

　오히려 능글맞게 웃으며…

"그래서 싫어?"

"나, 나빠."

"요즘 대세가 나쁜 남자래. 킥킥."

공주의 계획은 그렇게 완전히 수포로 돌아간다.

더욱더 대담해지고 뻔뻔해진 남자 앞에서.

딕스는 그녀의 손을 잡고 침대 방향으로 성큼성큼 걸어간다.

연이은 그의 돌발적이고 저돌적인 행동에 공주는 죄인처럼 쩔쩔매기 시작했다.

"왜, 왜 그래?"

놀란 토끼처럼 눈을 동그랗게 뜬 공주는 몸을 잔뜩 움츠리며 버틴다.

그녀의 모습에 불쑥 장난기가 동한 딕스는 음흉한 표정으로 실실거렸다.

이에 겁이 덜컥 난 공주는 그에게서 벗어나기 위해 달아나려 했다.

그 행위의 강도는 그리 격렬하지 않았다.

하란 건지, 말란 건지 애매한 저항이다.

"왜냐니요? 계속 서 있게 할 생각인가요, 공주님?"

순간 엘리자베스 공주는 자신보다 네 살이나 어린 남자에게 놀림을 받았다는 것을 깨달았다.

부글부글.

요란하게 소파에 제 엉덩이를 던진 딕스는 새가 날개를 펴

듯 양팔을 활짝 펼쳐 등받이에 올려놓는다.

그러곤 손을 까딱이며 공주를 부른다.

무엄한 놈!

딕스의 눈빛과 표정에선 장난기가 싹 사라지고 없다.

대신 그 자리에 진지함과 진중함만 가득하다.

이렇다 보니 화내기도 그렇고 따지기도 애매하다.

공주의 속내는 울상이 되어버렸다.

딕스가 앉으라는 곳에 그녀는 얌전히 앉는다.

"대체 어디 갔었던 거야?"

공주는 상상조차 못 할 것이다.

북부 동맹에 숨구멍을 틔워준 마인 노도가 제 남자란 것을.

딕스는 이런 사소한(?) 일을 자랑할 남자가 아니다.

"마누라들을 먹여 살릴 가장으로서 갖춰야 할 덕목을 배우
고 왔습니다."

"칫, 말을 높였다 낮췄다 고무줄 예법을 배웠나 보네."

"하나만 하면 식상하잖아."

"달변가 다 됐네. 뭐, 조짐은 알아봤지만. 정말 어디 갔다
온 거야? 모두 애가 타서 속이 시꺼매졌다고. 또 그럴 거야!"

공주의 표정엔 그간의 걱정과 근심이 고스란히 담겨 있었다.

그녀의 진심과 나풀거리는 입술이 딕스의 가슴에 또 불을
지른다.

십여 걸음만 걸어가면 햇살에 적당히 데워진 푹신한 침대

가 있다.

여색을 가까이하면 키 안 큰다는 속설을 듣고 나름 여색을 멀리했다.

하지만 지금은 클 만큼 컸고 또 성년이다.

어차피 결혼하면 한 침대 쓸 텐데 미리 가불이라도 받아 쓸까 하는 유혹을 받는다.

딕스의 눈길이 자꾸만 침대로 가자 엘리자베스 공주의 심장이 연방 발랑거린다.

단둘만 있다간 왠지 사고가 터질 것 같은 야릇한 예감.

"아, 덥네. 우리 나가자."

남자와 달리 여자들은 첫 경험에 환상을 갖고 있다.

그 환상을 지키기 위해서 상기된 제 얼굴을 감추며 공주가 일어선다.

딕스는 그녀의 손목을 잡아 도로 앉혔다.

"…왜, 왜 그래."

두근두근.

몇 달 만에 만난 이 남자… 뜨거운 수컷이 되어 있었다.

딕스의 눈치를 살피느라 공주의 눈동자는 쉴 새가 없다.

품속으로 제 손을 집어넣는 딕스. 공주는 이를 옷의 단추를 풀려는 행동으로 오인했다.

"지, 지금은 싫어."

부리나케 일어선 공주는 맞은편 소파에 앉아 겁먹은 고양이 같은 표정을 짓는다.

달아날 거면 눈에 안 보는 곳으로 멀찍이 달아나든가, 아니면 정색을 하든가.

참으로 알 수 없다.

여자란 이름의 사람을.

"지금은 싫다니 그게 무슨 소리야?"

저 물음에 어찌 그 에로틱한 생각들을 말한단 말인가.

알아도 모른 척. 내숭은 여자들의 고유 스킬이다.

"아, 아냐. 나가자, 우리."

"보채지 좀 마세요, 공주님. 그보다 이것 좀 봐요."

모든 생각이 침대를 중심으로 돌아가고 있었던 공주는 딕스가 품에서 작은 책자를 꺼내 내밀자 무안함을 느꼈다.

'나, 나… 이런 애 아니었는데.'

화끈.

침대를 얄밉게 쳐다보는 공주다.

그러다 제 속이 들킬까 봐 황급히 그 눈길을 딕스가 건넨 책자로 옮긴다.

겉표지를 넘길 때와 달리 페이지를 하나하나 넘기는 공주의 표정이 서서히 굳어간다.

딕스가 공주에게 건넨 것은 북부 동맹국에서 활동 중인 제국의 첩자 목록, 그리고 제국군의 군사기밀이 담겨 있었다.

돈과 시간과 인력을 들여도 알아낼까 말까 한 특급 정보.

"이걸 어디서 구했어? 대체 그동안 어디에서 뭘 했던 거야?"

"어쩌다 보니 입수하게 됐어요."

"말이 되는 소릴 해. 그동안 제국에 있었던 거야? 대체 어쩌자고 그런 위험한 일을 한 거야!"

딕스 르 시리우스, 그는 더 이상 예전의 재능자가 아니다.

그의 가치는 높고, 그의 존재감은 이제 국가를 지탱하는 대들보라고 불러야 한다.

한데 그런 막중한 위치에 있는 이가 적국인 제국에서 첩보 활동을 했다.

이는 제국에 포착되는 순간 크게는 국가 간의 분쟁을 야기하고, 개인으로는 처절한 죽음으로 이어진다.

엘리자베스에게 딕스는 단 하나뿐인 사랑이다.

그런 그녀에게 딕스의 활동은 후자의 결과에 대한 공포를 심어주었다.

쌀쌀한 바람이 정색이 된 공주의 얼굴에서 분다.

"공주님, 제가 힘들고 어렵고 복잡한 일… 이런 거 싫어하는 거 아시죠?"

대체 무슨 소리를 하려고 저러나 싶어 공주는 말없이 그를 바라보기만 했다.

대단히 무겁고 딱딱한 표정으로.

포상은 아니더라도 수고했다는 말 한마디는 들을 것이라 생각했던 딕스는 공주의 태도에 섭섭함을 느꼈다.

하지만 그녀의 태도가 자신을 진심으로 걱정해서임을 알기에 이러한 마음은 순풍을 만난 돛단배처럼 저 멀리 떠나 버렸다.

"정말이야?"

이리 묻는 자신이 바보 같다고 생각하는 공주다.

하지만 제 남자의 말이라 믿어주지 않을 수가 없었다.

다행히 저리 무사히 돌아왔으니.

사랑의 다른 말은 믿음이라고 하지 않던가.

"맹세코! 위험한 일 안 했어요."

새빨간 거짓말이다.

표정 하나, 눈빛 하나, 양심의 자극 하나 받지 않고서 하는.

하아.

공주의 입에서 한숨이 나온다.

딕스가 가져다준 정보는 북부 동맹에서 뮬 공국의 위치를 압도적으로 높여줄 보물이었다.

그냥저냥 그런 보물이 아닌 엄청난 보물이다.

뮬 공국의 왕국 선포도 훗날이 아닌 현실화할 수 있다.

그만큼 딕스가 가져온 제국의 정보는 양질의 것이었다.

물론 이 정보는 딕스가 아니라 루세니엘이 단독 잠입으로 빼온 것이다.

어쨌든 죽은 사람에게 공이 가봐야 별 필요도 없을 테고, 또 그런 것에 연연해하지도 않을 루세니엘이다 보니 딕스는 정보 수집자에 대해 일언반구도 안 했다.

세상에서 제일 재미없고 맛대가리 없는 일이 재산을 나누고 공을 나누는 일이다.

그러한 마인드에다가 루세니엘과 그녀의 아들이 단단히 미운털을 그에게 박아 넣었으니 더더욱 알려줄 이유가 없다.

"다음엔 이러지 마. 정말이야. 다시 이러면… 너 안 봐."

눈물까지 글썽이는 공주다.

딕스는 마인 노도를 자신만의 영원한 비밀로 덮어두리라 결심했다.

하나 자신의 정체를 아는 자가 또 있으니…

'마지막 남은 그림자 마법사부터 족쳐야겠다.'

클라우드에 연줄을 대고 있는 마지막 그림자 마법사.

놈을 향한 딕스의 내심에서 거친 칼바람이 분다.

제6장

세 여자의 남자

물 공국의 부유한 귀족들이 즐겨 찾는 라제르 주점은 수도 중심가에 위치하고 있다.

클라우드의 수하로 활동하는 그림자 마법사 로키란 자가 이곳의 주인이다.

물 공국에서 친제국파의 힘이 강성할 당시 라제르 주점은 그들의 사교장처럼 자주 애용되었다.

하나 지금은 그때와 같은 성황을 찾아볼 수가 없었다.

그래도 과거의 그 명성은 쉽게 허물어지지 않고 여전히 그 자리를 굳건히 지킨다.

'감회가 새롭군.'

저 주점은 레이첼의 오빠인 데일 데 페논이 딕스의 큰형 테일을 궁지에 몰아넣은 장소로 사용됐다.

뒤늦게 이를 알고 쫓아가 사건을 해결함과 동시에 제 인건비까지 챙겼다.

지금 와서 생각하니 참으로 무서운 일을 벌였다.

자칫했으면 쥐도 새도 모르게 사라지거나, 그림자 마법사를 양성하는 재료가 되어 제국에 끌려갔을지도 모르기 때문이다.

하지만 세상은 바뀌었고, 딕스 본인도 더는 자신과 가족의 앞가림에 전전긍긍하던 과거의 그 소년이 아니었다.

당당한 걸음으로 딕스는 라제르로 들어간다.

"어서 오십시오!"

크고 힘찬 목소리가 들어선 딕스를 반긴다.

과거 자신으로 인해 진땀을 뺐을 주점의 지배인이 저쪽에서 손님들과 이야기를 나눈다.

지배인이 고개를 돌려 딕스를 본다.

그는 눈을 크게 떴다 작게 뜨고를 반복했다.

지배인의 이와 같은 행동에 그와 이야기를 나누었던 손님들이 고개를 돌린다.

문가에 서 있는 딕스를 일별한 그들이 일제히 기립했고, 이 소리에 놀란 자들도 그들이 바라보는 문가를 보곤 화들짝 놀라서는 약속이라도 한듯 일제히 일어선다.

"디, 딕스 백작님."

"안녕하십니까, 백작님."

"여긴 어쩐 일로……."

기본적으로 딕스는 마당발이다.

이렇다 보니 수도에서 행사깨나 하는 귀족이나 관료치고 그를 모르는 자가 드물다.

딕스 역시 손님 대부분이 눈에 익었다.

사람들의 중심에 선 딕스는 그들과 일일이 인사한다.

모든 이가 자신들과 동석하지 않겠느냐며 제안하자 딕스는 이를 정중히 사양하며 지배인을 보았다.

그와 눈이 마주친 지배인이 잰걸음으로 달려와 바닥에 이마가 닿을 만큼 인사한다.

"딕스 백작님, 영광입니다. 전 이곳의 지배인……."

지배인의 이름 따위 일일이 기억할 필요 없다.

딕스는 그의 말을 자른다.

"조용한 방이 있으면 내주시오, 지배인."

창피를 느낄 법도 한데 지배인은 전혀 이를 티 내지 않았다.

술장사 10년이면 성불한다는 말이 있다.

지배인은 딕스의 태도를 전혀 고깝게 여기지 않는다.

오히려 주춤한 라제르의 위상이 딕스를 통해 도약할 것이란 희망에 부풀었다.

최상의 서비스를 통해 고객을 만족시킨다.

그래서 라제르의 단골로 만든다.

지배인은 오랜만에 영업가로서의 투지가 들끓는다.

"최고의 자리를 마련하겠습니다. 이쪽으로 오십시오, 백작님."

굽실거리는 지배인을 따라 느긋하게 VIP 룸에 도착한 딕스가 자리를 틀고 앉는다.

"지배인."

"예, 백작님."

"초면도 아닌데 뭘 그리 어려워하나. 편하게 편하게 해."

"예? 초면이 아니라굽쇼?"

"몇 년 전인가 아카데미생 중 테일이라는 학생이 이곳에서 곤욕을 치르지 않았나. 그때 그의 동생이 나타나서……."

살짝 말끝을 흐리며 지배인을 쳐다보는 딕스.

그때의 그 꼬맹이가 지금의 저 카리스마 짱짱한 백작이라곤 단 한 번도 생각해 보지 못한 지배인.

털썩.

지배인은 하얗게 질려서 무릎을 꿇는다.

"주, 죽여주십시오. 귀인의 형님분을 몰라 뵙고 제가 죽을 죄를……."

"에이, 그게 어디 지배인 탓인가. 내 형님을 난처하게 만든 놈들의 죄지. 걱정 말게. 내 자네에겐 전혀 불만이 없으니까. 아 참, 그때 내 형님을 골탕 먹인 자들은 지금 잘 살고 있다네."

주동자 데일 데 페논, 레이첼의 오빠는 이름 없는 외딴 섬에서 새우잡이에 매진 중이며, 그와 함께 일을 도모했던 자들 중 둘은 광산에서 곡괭이질 하고 있다.

나머지는 모두 역적으로 몰려 교수형에 처해졌다.

여기서 딕스가 개입한 사건은 딱 하나뿐이다.

데일을 새우잡이 어선의 노예로 보낸 거.

'새우 가격이 폭락했는데 형님이 열심히 한 덕이겠지. 흠, 한 50년 후에 풀어줘야겠어.'

마음씨가 참으로 고운 딕스다.

"그, 그렇습니까. 참으로 자비로우십니다. 존경합니다, 백작님."

"뭘. 세상 이치란 게 다 뿌린 대로 거두게 되어 있지. 내 오늘 라제르를 방문한 것은 다른 이유가 있어서네."

"무… 슨?"

"여기 주인장을 만나고 싶어서 말이야."

누구의 명이라고 감히 이를 거부하겠는가.

하지만 지배인의 독단으로는 일을 처리할 수가 없었다.

업주의 처남이란 신분을 갖고 있지만.

"저, 저희 주인께선 사람 만나길 지극히 꺼리시는지라…….."

"성격이 괴팍하군. 그런 사람이 술장사라니. 쯧쯧."

지배인에게 딕스의 태도는 백정의 서슬 퍼런 도끼처럼 무섭기만 하다.

딕스의 눈 밖에 났다간 뮬 공국에서 제명에 살긴 힘들기에.

좀 전 딕스가 제 형을 괴롭혔던 녀석들을 다 용서한 듯 말했지만 실상 그들의 처지가 어찌 되었는지에 대해서는 대충 알고 있는 지배인이다.

겉으론 사람 좋은 척 굴어도 그 속엔 사갈처럼 독한 심보가 있다.

이를 알고 있다 보니 식은땀에 흠뻑 젖는 지배인이다.

"지금 즉시 말을 전하겠습니다. 백작님, 노여움을 거두어 주십시오."

쿵쿵.

이 소리는 지배인이 대리석 바닥에 제 이마를 찧는 소리다.

"그러다 다치면 어쩌려고. 내 여기서 기다리지. 참, 내가 요기를 못 해서 그런데 밥 좀 주게. 참고로 난 밥을 좀 빨리 먹네. 내 말뜻 알겠지?"

"거, 걱정 마십시오."

딕스는 지배인을 공깃돌처럼 갖고 놀다가 이내 제자리에 놓아둔다.

사람을 너무 놀려도 못쓰는 법.

꼬리에 불이 붙은 황소처럼 지배인이 룸을 빠져나간다.

'흠, 설마 밥만 주는 건 아니겠지?'

*　　*　　*

술과 아리따운 도우미의 시중을 무상으로 받으며 기다린 끝에 딕스는 라제르의 주인을 만날 수 있었다.

"한잔하겠소?"

맞은편에 앉은 30대 초반의 비쩍 마른 남자. 딕스는 그를 향해 술을 권한다.

라제르의 주인, 아니, 그림자 마법사 로키는 술병과 딕스의 얼굴을 훑듯이 쳐다본 뒤 천천히 잔을 들어 쭉 내밀었다.

딕스는 말없는 그의 잔에 술을 부었다.

잔을 채웠음에도 기울인 술병은 몸을 세우지 않고 여전히 콸콸 쏟아진다.

손이 흠뻑 젖은 로키의 얼굴에 불쾌감이 떠오른다.

낮고 싸늘한 음성이 딕스를 향한다.

"무슨 뜻이지?"

"교훈."

꿈틀.

로키의 얼마 없는 광댓살이 살아 움직인다.

퍽.

그리고 그가 쥔 술잔이 깨어져 흩어진다.

천천히 몸을 일으키는 로키의 전신에서 묵직한 기운이 뿜어져 나온다.

넓은 실내는 로키의 그 기운으로 숨통이 막힌다.

하나 녀석이 노린 대상인 딕스는 이에 아랑곳하지 않는다.

손자의 재롱을 보는 할아비의 느긋함이 묻어나오는 태도다.

"클라우드에게서 내 얘기 못 들었나?"

피식거림과 함께 흘러나온, 조소에 가까운 딕스의 어감에 로키의 몸이 흠칫한다.

"내가 널 두려워할 것 같으냐?"

"불은 뜨겁지. 그래서 다들 안 만져. 불에 덴 경험이 없어도 그래. 왠지 알아? 본능이야. 그런데 일부 몰지각한 놈들은 이 훌륭한 본능을 엿 바꿔 먹지. 바로 너처럼 말이야, 로키 씨."

어금니를 악문 로키의 턱 근육이 두드러진다.

딕스의 말이 로키에게 비수처럼 향한다.

"여기로 오면서 곰곰이 생각했다. 널 죽여 버릴까? 아니면 놓아둘까? 사실 죽이는 게 내겐 더 쉬워. 하지만 클라우드와의 인연을 생각해서 경고만 하러 왔다. 아! 녀석과 내가 친하다는 생각은 버려. 잠시 가는 길이 같아서 함께 걸었던 길동무 사이밖에 안 돼."

화를 가라앉힌 로키가 다시 앉는다.

실내를 꽉 채운 기운도 어느새 사라지고 없다.

"너의 경고, 들어보겠다."

앙심을 품은 자들은 어떤 식으로든 드러나게 되어 있다.

이를 잘 살피면 보이게 마련이다.

나름 눈치에 도가 튼 딕스에게 로키의 앙심은 굵고 선명했다.

대체로 저런 놈은 추잡한 방법으로 그 앙심을 풀어낸다.

갑자기 놈을 살려주고 싶은 마음이 싹 달아나는 딕스다.

잠시 잠깐 딕스에게 살심이 일었고, 그 살심은 살기를 야기했다.

로키가 좀 전에 발산한 기운은 딕스의 살기에 비하면 신생아 수준도 되지 않는다.

이를 통해 로키는 실력의 차이를 명확하게 느꼈다.

섬뜩!

로키의 피부를 소름이 장악한다.

갑자기 몰려온 갈증에 침샘의 바닥까지 박박 긁어 마신다.

꿀꺽.

침 넘기는 소리가 천둥과 같다.

"또 건방을 떨었다면 널 갈아버리려 했는데 운이 좋군, 로키."

사람을 어찌 갈까? 단순한 비유법일까?

하지만 딕스는 비유 따위 모른다.

찢어 죽인다면 진짜 찢어 죽이고, 갈아 죽인다면 그냥 갈아버린다.

그게 딕스 르 시리우스의 또 다른 일면이다.

로키는 아무런 말도 하지 않았다.

아니, 할 수가 없었다.

절대 강자 앞에 선 약자이기에.

천천히 몸을 일으킨 딕스. 그의 행동을 긴장하며 바라보는 로키.

소파가 다리에 걸리자 딕스는 이를 차서 밀었다.

끼익거리는 그 소리에 로키는 깜짝 놀랐다.

그러다 곧 자신의 모습에 깊은 자괴감에 빠져든다.

문고리를 잡아 돌리며 딕스가 말한다.

"클라우드에게 연락해라. 내가 보잔다고."

탁.

이 말을 끝으로 딕스는 복도로 나가 버린다.

홀로 남은 로키는 이를 갈아붙인다.

그러나 좀 전에 받은 내심의 충격은 긴 여운이 되어 그에게 남아 있다.

부르르.

*　　　*　　　*

딕스는 왕실 수호 기사단에서 훈련을 받고 있는 두 형을 집으로 초대했다.

피골이 상접한 두 형의 모습에 딕스는 안타까움을 느꼈다.

딕스의 둘째 형 마크가 투덜거린다.

"딕스, 호강하며 사네. 쳇, 이 형님은 하루하루가 지옥의 가시밭길인데."

앞서 그는 시모나와 레이첼을 차례로 보았다.

미녀 시모나를 봤을 때 그는 충격을 먹었고, 여신급 미모의 레이첼을 봤을 땐 눈 뜨고 혼절했다.

겨우 정신을 차린 그는 형제들만 남았을 때 이처럼 부러움에 몸서리쳤다.

가족에게 친절한 딕스는 작은형 마크를 위해 딱 한마디만 한다.

가족애를 담아, 형제애를 담아서.

"땅뙈기 좀 사줄까, 마크 형?"

"그게 무슨 말이냐?"

"하루하루가 가시밭길이라며? 잘나가는 내가 어찌 형제의 어려움을 모른 척하겠어. 농사나 짓고 살란 말이지."

"뭣이라!"

세 살 버릇 여든 간다는 말이 있다.

마크는 그때의 그 버릇대로 한다.

딕스의 머리통을 향해 날아가는 마크의 주먹.

하지만 그의 주먹은 중간에 차단당한다.

언제 나타난 것일까? 바로가 마크의 손목을 꽉 움켜쥐고 있다.

바로는 익스퍼트 상급의 실력자다. 겨우 소드유저 상급에 발을 올린 그가 어찌 네 단계나 위인 바로의 악력과 기세를 감당하랴.

"누, 누구?"

혹독한 수련을 통해 실력의 발전을 이룬 마크다.

그 수련 덕분에 안목도 함께 성장했다.

이러다 보니 바로가 예사 인물이 아님을 단숨에 알아본다.

이는 테일 역시 마찬가지였다.

긴장한 두 형을 바라보며 딕스는 빙그레 웃는다.

"바로 천장, 그 손 놓으세요."

경고의 의미로 마크를 한차례 째려보면서 바로가 손을 뗀다.

전격의 파울에게서 음지의 그림자단에 대한 지휘권을 얻은 딕스다.

그림자단 소속인 바로에게 딕스는 충성을 바쳐야 할 주군이다.

한데 그런 이를 향해서 형제라곤 하지만 주먹을 날리는 마크의 행동이 좋게 보일 리 만무하다.

마크가 딕스의 친형이 아니었다면 바로의 검이 그의 목을 쳐 버렸을 것이다.

"예."

바로가 한쪽으로 물러서자 마크는 제 손목을 주무르며 그를 흘끔거리다 딕스를 향해 저 사람이 누구냐며 눈짓으로 묻는다.

마크에게 딕스는 집안의 막내이자 만만한 동생이었다.

그랬던 것이 방금 전의 일로 더 이상 동생을 막 대할 수 없다는 걸 깨닫는다.

"나를 도와주는 분이지. 테일 형."

"응?"

"형수님은 만나봤어?"

예지몽에서 데일의 만행에 몸을 더럽혀 자결한 리사 드 카논.

하지만 현재의 그녀는 테일과의 사랑이 이루어져 혼인을 약속한 사이다.

테일이 훈련에서 성과를 낸 뒤 정식 작위를 받으면 둘은 결혼하기로 되어 있었다.

양가에서도 이미 합의한 내용이다.

"어머님이 아프셔서 영지로 내려갔어."

테일의 얼굴에서 걱정과 아쉬움이 진하게 느껴진다.

딕스는 테일의 말에 현숙하고 친절했던 귀부인의 얼굴이 떠오른다.

아만다 드 카논. 한 번의 만남이었지만 딕스는 그녀에게서 참 좋은 인상을 받았었다.

그녀의 남편인 헝프 자작에게서도.

그래서 진심으로 걱정된다.

"많이 편찮으신가 보네."

"잘 모르겠어."

"음, 내가 알아보고 연락해 줄게. 그 때문에 수련을 등한시하지는 마. 뭐, 큰형이 그럴 사람은 아니지만."

이리 말하며 마크를 쳐다보는 딕스.

그 시선에 마크가 발끈한다.

하지만 뒤에서 느껴지는 바로의 시선에 곧 꼬리를 내린다.

"딕스, 네가 손쓴 거냐? 수련 기간엔 외출 외박이 안 되는데."

이는 테일 역시 궁금하게 여겼던 부분이다.

테일과 마크의 얼굴에 의문이 가득하다.

두 형들을 향해 딕스는 약간은 거만한 포즈로…

"내가 조금 잘나가."

참으로 겸손(?)한 딕스다.

하나 다른 이들은 절대 겸손하다고 여기지 않는다.

딕스의 입장에선 엄청 겸손을 떤 것인데.

'쥐어박고 싶다!'

마크의 속내다.

앞서의 경험이 그 마음을 참으라며 다독인다.

그리고 그의 이런 마음엔 레이첼과 시모나라는 엄청난 미녀를 독식한 딕스에 대한 같은 남자로서의 약간의 질투심도 섞여 있다.

하나 마크는 모르리라. 그의 연인들이 비단 그 둘만 있는 게 아니라는 것을.

그 자신이 목숨 걸고 충성을 바칠 미래의 주군인 엘리자베스 공주 역시 막냇동생의 연인이란 사실을 말이다.

이를 알면 부러움에 게거품을 물지 않을까 싶다.

"주인님, 만찬 준비됐습니다."

레이첼과 시모나보단 못하지만 그래도 한 미모 하는 젤.

딕스를 향한 그녀의 호칭에 마크는 배가 아프기 시작했다.

사돈이 땅 사면 아프다는 바로 그 배!

＊　　　＊　　　＊

제국의 수도 지하에 지뢰처럼 매설된 엄청난 양의 지하수가 마인 노도로 인해 발견되었다.

자연 상태로 두었다면 적어도 일이백 년은 무사했을 테지만 딕스가 그 수맥을 건드리는 바람에 붕괴의 조짐은 길면 5년, 짧으면 3년 안이란 조사단의 연구 결과가 나왔다.

이로 인해서 제국은 밖으로 눈을 돌릴 여유가 없었다.

인구 2천만이란 초거대 도시의 이전이 불가피했기 때문이다.

예상 붕괴 지역엔 황궁도 포함되어 있었으니.

뮬 공국 왕궁 내 신료 휴게실.

"제국 놈들 꼬시다. 마인 노도가 제국엔 천하에 둘도 없는 원수겠지만 우리에겐 대영웅이 아니겠나. 하하."

"맞네. 맞아. 내 제국 놈들 잘난 척하는 꼬락서니 더는 안 봐도 될 것 같아서 십 년 묵은 체증이 확 내려가는 기분일세."

일국의 핵심이랄 수 있는 수도 이전.

여기에 황제가 거처할 궁도 지어야 하고, 시민들 또한 안전한 지역으로 이주시켜야 한다.

이는 단시간 내에 이루어질 수 없는 대규모 사업이다.

엄청난 재정을 감당해야 할 처지에 전쟁? 황제가 미치지 않고서는 절대 감행할 수 없다.

더욱이 제국을 휩쓴 마인 노도는 천벽의 본부를 박살 낸 뒤 유유히 사라져서 그 행방조차 아직 파악되지 않은 상태다.

제국 입장에선 최악의 적을 내부에 품고 있는 상황이다.

이러니 전쟁은 언감생심이다.

제국의 동향을 늘 살피던 북부의 왕국들은 그래서 살판이 났다.

뮬 공국이야 두말할 필요도 없다.

신료들의 이러한 분위기는 뮬 공국 전역으로 퍼져 나갔다.

전쟁에 대한 백성들의 두려움과 위기감은 크게 누그러졌다.

이 엄청난 일을 해낸 마인 노도. 그는 지금 오랜만에 행복의 열매를 따 먹고 있었다.

"아!"

싱그러운 청포도, 제 손으로 먹으면 그게 무슨 맛이랴.

아름다움이 궁극에 달한 여인네가 그 고운 손으로 먹여줘야 '아, 이것이 진정한 청포도 맛이구나!' 라고 느낄 수 있다.

해보지 않았으면 말을 마라. 경험자만이 알 수 있는 참맛이 숨어 있음이로다.

우물우물.

연초록의 대지는 점점 짙은 초록으로 농익어간다.

길게 가지를 뻗은 나무 그늘 아래 고급 돗자리를 깔고 딕스가 누워 있다.

그의 머리는 레이첼이 소중하게 제 허벅지에 올려놓았다.

인생 뭐 있나 이리 살면 되지.

투욱!

딕스의 입에서 나온 포도 씨가 저만치 날아간다.

그 모습이 재밌어 보였던 걸까? 레이첼도 따라 하지만 실패하고 만다.

혀라는 신체 기관이 상실된 탓이다.

툭.

딕스의 이마로 레이첼이 실패한 포도 씨가 안착한다.

대수롭지 않은 일이다. 그럴 수 있다.

그럼에도 이 일이 딕스에겐 시린 아픔으로 다가온다.

레이첼은 자신이 흘린 포도 씨를 그의 얼굴에서 떼어낸다.

겉으론 아무렇지도 않은 표정이다.

하지만 그녀의 눈동자는 쓸쓸함으로 흔들렸다.

딕스는 레이첼의 손을 잡았다.

그녀의 손은 이제 혀를 대신한다.

그 혀가 잡혔으니 자신의 감정을 전달할 방법이 레이첼에게는 없었다.

이를 아는 딕스가 왜 그녀의 손을 잡았을까.

"포도 씨 팩이 피부 미용에 좋대. 놀리냐고? 지금 그 생각했지? 에이, 아니긴. 다 보이는데. 킥킥. 설마 여신 레이첼을 놀릴 배짱이 내게 있겠어. 이 몸이 어릴 때부터 발이 부르트도록 많이 싸돌아 다녔잖아. 그러다 보니 이것저것 주워들은 게 많아. 그래서 이 포도 씨가 피부 미용에 좋다는 것도 알게 됐지. 내 얼굴을 다 덮어줘. 입술과 콧구멍은 막음 안 돼. 코로는 숨을 쉬어야 하고, 입술로는 그대의 입술을 먹어야 하니~까."

쓸쓸해하던 레이첼의 표정이 딕스의 능글맞은 농담에 몸서리와 함께 사라진다.

레이첼의 얼굴에 웃음이 피어나자 딕스 역시 기분이 좋은 듯 활짝 웃는다.

"내가 해줄까?"

설마 포도 씨가 피부 미용에 좋다고 믿는 사람은 없을 것이다.

이를 레이첼도 아니까 농담으로 받아들이며 웃었다.

그런데 이때 딕스의 농담을 진담으로 받아들이는 자가 있었다.

그녀의 이름은 엘리자베스 폰 뮬.

"어라? 베스, 언제 왔어?"

엘리자베스는 사복으로 갈아입었다.

그래서 공주라는 티가 안 난다.

그저 엄청 예쁜 여자라는 티만 난다.

"그럼 좋다."

뾰로통한 공주의 말에 딕스는 어색하게 웃으며 누운 그 자세로 대답한다.

"원래 내가 한 인물 하잖아. 베스에게도 내 머리를 대여해주고 싶은데 안타깝게도 머리통이 이거 하나뿐이라서. 하하."

딕스의 넉살에 레이첼이 소리 없이 웃는다.

이에 장난으로 엘리자베스 공주가 레이첼을 흘겨본다.

얼굴이 빨개진 레이첼이 사과의 뜻을 전하려 한다.

하지만 그녀의 손은 딕스가 여전히 붙잡고 만지작거린다.

공주가 바구니에서 포도 알갱이를 떼어내 제 입에 넣는다.

하나가 아니다. 숫자가 점점 늘어나 어느새 그녀의 입은 붕어 볼따구니처럼 되어버렸다.

우물우물.

딕스가 설마 하는 표정으로 움찔거리다가 사태의 심각성을 깨닫곤 황급히 공주에게 말한다.

"내 얼굴에 씨 뱉으려고? 아니겠지. 명색이 이 나라의 공주가 그런 비……."

푸화확, 후드득.

사실 엘리자베스 공주는 딕스의 얼굴에 포도 씨를 뱉을 생각이 없었다.

한데 사정하는 그의 얼굴이 너무 우스워서 그만 웃음보가 터졌다.

자연 그 안의 것들이 쏟아지는 것은 당연지사.

"으아아아아~!"

참 별거 아닌 일로 요란한 비명이 딕스의 입에서 터진다.

대륙 제일의 국가인 제국을 공포에 몰아넣었던 남자가 맞나 싶을 만큼.

"앗! 미, 미안. 푸웁⋯ 호호호호호."

"킥킥."

제 얼굴을 희생해 딕스는 두 미녀를 웃겼다.

화창한 초여름, 미남과 미녀의 웃음소리가 언덕을 휘감고 날아오른다.

그때 언덕 아래 강변에서 이들을 부르는 소리가 올라온다.

"식사 준비 끝났어요!"

시모나와 젤, 그리고 몇 명의 하녀들이 합심해 멋진 식탁을 마련해 놓았다.

구수하고 맛난 냄새가 바람에 실려 언덕 위까지 올라온다.

그 쏠쏠한 향에 취해 딕스는 일어선다.

얼굴에 쏟아진 포도의 찐득찐득한 파편이야 당연 물의 마법사인 그의 한 수에 싹 사라지고 없다.

청량감이 가득한 그의 얼굴이 햇살에 반짝인다.

딕스는 레이첼과 엘리자베스 공주의 손을 잡고 천천히 언덕 아래로 내려간다.

꿀맛 같은 행복.

"와우~! 소풍 와서도 요구르트네. 하. 하. 하."

딕스가 집으로 온 다음 날, 시모나는 자랑스러운 표정으로 그를 지하 와인 창고로 안내했다.

딕스야 술을 좋아하지 않으니 와인 창고는 빈 창고였다.

한데 몇 달 만에 돌아와 보니 창고는 요구르트로 가득 채워져 있었다.

아무리 맛나고 좋아하는 것도 산처럼 쌓여 있으면 외면하게 마련이다.

그리고 저 요구르트를 만드느라 들어간 비용을 생각하자 딕스는 울컥했다.

하지만 어쩌랴. 자신을 위해 마련한 선물이라고 하는데 어찌 딴말을 할 수 있으랴.

그냥 좋다고, 많이 행복하다고, 무지막지하게 고맙다고 인사할 수밖에.

덕분에 딕스는 삼시 세끼와 간식에 야참까지 요구르트만 줄곧 먹고 있었다.

평생 변비 걸릴 일은 없으리라.

'위장이 멀미하겠구나.'

울적함이 뚝뚝 묻어 나오는 딕스의 태도는 시모나를 시무룩하게 한다.

그녀는 그의 앞에 있는 요구르트를 치운다.

되게 섭섭한 얼굴로.

이에 딕스는 요구르트를 뺏어 그 자리에서 다 마셔 버렸다.

가정의 행복을 위해서는 가장의 소소한 희생은 늘 따르는 법이다.

"아, 맛있다."

그제야 시모나의 얼굴이 활짝 핀다.

"쿡쿡."

공주가 이를 보고 웃는다.

레이첼도 우스운지 제 입을 가리며 고개를 돌린다.

"여기 앉으세요, 딕스 님."

기분이 한결 좋아진 시모나가 딕스에게 자리를 권한다.

강과 정면에 위치한 가장 좋은 자리다.

한마디로 상석이다.

딕스가 앉자 그의 양옆에 엘리자베스 공주와 시모나가 앉고, 공주 옆으로 레이첼이 앉는다.

참고로 딕스의 여자들 중 레이첼이 막내다.

"젤도 앉아서 먹어."

딕스가 젤에게 권했다.

이에 덥석 그러마 하고 앉을 젤이 아니다.

"전 하녀들과 함께 식사하겠습니다. 많이 드세요, 주인님."

젤이 하녀들을 데리고 자리를 비켜준다.

딕스와 아리따운 세 명의 아가씨는 제 입맛에 맞는 요리를 찾아 먹는다.

따뜻하고 평화로운, 그림처럼 아름다운 소풍이다.

바람도 좋고, 강물은 눈부시게 아름답고, 대지는 예쁜 초록으로 물들어 보기 좋으며, 형형색색의 꽃들이 향기를 피우니 천국이 따로 없다.

단내를 맡은 벌과 나비가 귀찮긴 했지만.

말벌 하나가 엘리자베스 공주의 정수리에 앉았다.

공주는 이를 못 느꼈다.

레이첼이 이를 보곤 수화로 경고한다.

겁을 먹은 엘리자베스 공주의 몸이 굳어진다.

딕스는 물의 마법으로 말벌을 감싼 후 멀리 던져 버렸다.

"휴우, 고마워."

공주의 인사에 딕스는 제 어깨를 쫙 펴며 개선장군처럼 으쓱거렸다.

말벌 하나 쫓아낸 공을 너무 자랑한다.

명색이 제국을 제대로 물 먹인 위인이 말이다.

"고맙긴. 베스가 남인가? 하하하."

내 아내의 몸을 내 몸같이 아끼고 사랑하라!

딕스에게 엘리자베스, 시모나, 레이첼은 자신의 몸의 일부와 다름없다.

그런 소중한 존재에게 아픔을 주고, 상처를 주는 것들이 있다면 지옥 끝까지 쫓아가 갈가리 찢어버릴 위인이 딕스다.

한데 왜 좀 전의 그 말벌은 그냥 던지기만 했을까? 아니다. 그는 그냥 던지지 않았다.

던지는 중에 말벌은 분쇄 형에 처해졌다.

험악하고 끔찍한 그 장면을 어찌 제 여자들에게 보이랴.

이런 마음 씀씀이야말로 진정한 남아가 아니겠는가.

먹고 마시고, 떠들고, 노래하고, 소풍을 제대로 즐기는 일남삼녀.

"아주 특별한 산책하지 않을래?"

딕스의 제안에 모두가 고개를 갸웃거린다.

특별한 산책이라. 대체 저 말이 무슨 뜻일까? 다들 궁금해한다.

딕스는 제 여자들의 시선을 한 몸에 받으며 강으로 향했다.

수영을 즐기기에는 아직 이른 계절이다.

그리고 산책과 강물은 결코 어울리지 않는다.

그럼에도 특별한 산책을 언급한 딕스가 강물로 곧장 걸어가자 셋 다 의아한 표정을 그 얼굴에서 지우지 못한다.

강물과 한 뼘 거리를 둔 딕스가 몸을 돌린다.

"지금부터 펼쳐질 이 쇼는 오직 딕스 르 시리우스 백작만이 할 수 있는 기적의 쇼지."

이리 말하며 그는 강을 향해 뒷걸음질한다.

대여섯 걸음 뒤로 걸어간 딕스.

한데 그는 물속이 아니라 수면에 떠 있었다.

딕스가 좀 전에 언급한 특별한 산책. 그것은 물 위를 걷는 산책을 말함이었다.

엘리자베스, 시모나, 레이첼의 입이 쩍 벌어진다.

"선착순 일 명!"

팔짱을 낀 딕스는 오만한 표정으로 이들을 향해 말했다.

세 여자들이 서로의 눈치를 본다.

저 특별한 산책을 경험하고 싶은 마음이 얼굴에 다 보인다.

그럼에도 선착순 일 명이란 소리 때문에 쉽게 발을 떼지 못한다.

사이 좋은 세 여자의 모습에 딕스는 흡족했다.

짝짝짝.

딕스가 박수 치며 환하게 웃는다.

금도끼, 은도끼의 이야기를 아는가.

딕스는 서로를 배려하는 착한 세 여자의 마음씨에 금도끼도 주고, 은도끼도 주기로 했다.

"농담이야. 셋 다 와. 다 함께 산책하자."

그제야 머뭇거리던 세 여인이 딕스를 향해 걸어갔다.

막상 수면에 발을 올리자니 망설여진다.

"잡아줘."

엘리자베스.

"그냥 걸어가요, 딕스 님?"

시모나.

[저 수영 못해요.]

레이첼.

딕스는 그녀들을 내버려 두고 더 뒤로 걸어갔다.

그와 세 여인의 거리는 어느새 10미터가 되었다.

"날 사랑한다면 용기를 내어 나에게 걸어와 봐. 만일 물에 빠지는 사람이 있다면 그건 날 사랑하지 않는 것으로 간주하겠어."

물론 장난이다.

불안, 긴장감, 호기심이 세 여인의 얼굴에 떠오른다.

연장자인 엘리자베스 공주가 먼저 강물로 발을 옮긴다.

긴장한 티가 역력하다.

시모나와 레이첼은 숨소리마저 죽이면서 공주를 바라본다.

척.

공주의 발이 강물을 밟는 순간, 놀랍게도 그녀의 발은 물속으로 빠지지 않았다.

약간 긴장을 드러냈던 공주가 환하게 웃으며 딕스를 향해 걸어갔다.

수면에 비쳐진 자신의 모습을 보고 걷는 기분은 형언할 수 없는 기분이었다.

이에 시모나와 레이첼도 조심조심 발을 강물로 옮겼다.

두 여인 역시 물에 빠지지 않았다.

뒤뚱뒤뚱.

걸음마를 갓 배운 아이처럼 세 여인이 딕스를 향해 걸어간다. 멀리서 이를 본 젤과 하녀들은 입을 쩍 벌린 채 망연자실한다.

물 위를 산책하는 일남삼녀.

신비롭고 아름답기 그지없다.

제7장

사라진 클라우드

제대로 된 대응 한번 못 하고 꺾인 자존심이 수치심으로 뼈
에 아로새겨진다.

그림자처럼 떼어낼 수 없는 그때의 그 굴욕감이 살을 저미
는 듯하다.

그림자 마법사 로키의 최근 심정이 바로 이러했다.

그의 마음속은 딕스를 향한 시퍼런 복수의 검으로 가득 채
워져 있다.

그럼에도 선뜻 나서지 못하는 이유는 딕스에게 받은 강렬
함 때문이다.

덤비면 죽는다!

단순 명확한 이 결론이 로키를 두려움에 빠뜨려 주저하게
만든다.

으드득.

술을 진탕 마셔도 마음에 박힌 응어리가 풀어지지 않는다.

술김에 딕스의 집으로 찾아가 개미 새끼 한 마리 남김없이
모조리 죽여 버리려 했다.

실제로 깊은 밤 찾아가기도 했지만 그 높은 담장을 보자 술
기운이 모조리 날아가 버렸다.

그렇게 몇 번이나 발길을 돌렸다.

지독한 패배감.

'내 반드시 네놈을 씹어 먹고야 말겠다! 반드시!'

똑똑.

"로키 님."

자신을 찾는 소리에 로키는 금으로 만든 술잔을 와락 우그
러뜨리며 못을 박듯 탁자를 탕 친다.

"들어와."

잔뜩 굳은 얼굴로 한 사내가 들어온다.

최근 상관의 기분이 몹시 좋지 않았다.

얼마 전엔 그의 수청을 들던 여인 둘이 멘트 하나 잘못 날
려서 그만 목숨을 잃었다.

단순하게 죽인 것이라면 그러려니 하겠지만 그녀들은 생
선포처럼 떠졌다.

고통에 발버둥 치는 여자들을 바라보던 그때의 로키의 표정과 눈빛은 아직도 이 사내의 머릿속에 선명하게 남아 있었다.

부르르.

한 통의 서신을 로키에게 건넨 사내가 공손한 태도로 뒷걸음질한 뒤 그의 명령을 기다린다.

신경질적으로 서신을 개봉한 로키의 눈매가 점점 가늘어지기 시작했다.

"뭣이라. 일 년? 일 년을 나보고 이곳에 처박혀 있으라고!"

로키의 손에서 서신이 갈가리 찢겨 비산한다.

흩어진 종이 쪼가리를 바라보는 사내의 안색이 암울하게 변한다.

상관, 그것도 몹시 두려운 상관에게 나쁜 소식을 전했으니 그의 분노가 자신에게 떨어질까 내심 두려움에 몸을 떠는 사내다.

그러나 이를 드러내는 짓은 어리석은 자충수임을 알기에 애써 제 감정을 다스린다.

"폴드."

"예."

"너의 주인인 클라우드는 대체 어디로 간 것이냐?"

한동안 성질을 부리던 로키는 조금 진정된 태도로 폴드에게 묻는다.

클라우드와 로키는 상하 관계가 아닌, 수평적인 관계다.

일종의 동업자라고나 할까?

그렇다 보니 클라우드의 수하들에게 있어 로키는 애매한 존재였다.

폴드의 얼굴에 난처한 기색이 떠오른다.

"저도 영문을 모릅니다. 용서하십시오."

"이이익! 그럼 아우서는? 그녀에게선 왜 연락이 없는 것이냐!"

로키는 아우서가 딕스에게 패해서 죽은 사실을 아직 모르고 있었다.

로키가 클라우드와 동업자가 된 배경엔 아우서의 영향이 지대했다.

그녀는 두 사람의 연결 고리다.

그런 연결 고리가 사라짐은 두 사람의 관계에도 분명 불협화음의 소지가 되리라.

폴드는 아우서의 일을 알고 있었지만 이를 발설하지 않고 있었다.

상대가 어디로 튈지 모르는 성격임을 알기 때문이다.

"클라우드 님과 함께 움직이지 않았나 싶습니다."

"그녀만 도와주면 그 자식을 갈아버릴 수 있을 텐데. 빠드득."

천벽의 그림자 마법사를 전멸시킨 마인 노도와 딕스가 같은 인물인 줄 안다면 결코 이런 생각은 하지 못하리라.

신경질적으로 벌떡 일어선 로키는 밖으로 나가 버린다.

그러다 몸을 돌려세워 제 방을 본다.

난장판도 이런 난장판이 없다.

"청소나 해."

"예."

로키가 완전히 나가자 그제야 폴드는 긴장감에서 해방됐다.

부서진 물건과 어질러진 쓰레기를 치우기 시작한 폴드는 갈가리 찢긴 서신을 찌푸린 얼굴로 일별한 뒤 이를 봉지에 담아 건물 뒤편 쓰레기통에 버렸다.

스윽.

폴드가 건물 내부로 들어가자 한 남자가 나타났다.

그는 폴드가 버린 쓰레기를 수거해 안개처럼 현장에서 사라졌다.

＊　　　＊　　　＊

제 연인들과의 소풍을 끝내고 돌아온 딕스는 더덕더덕 붙인 누더기 서신을 바로로부터 건네받았다.

서신과 바로를 번갈아 보던 딕스는 고개를 갸웃거리며 서신을 펼쳐 들었다.

퍼즐처럼 맞춰진 서신은 군데군데 이가 빠져 있었다.

그렇다고 글의 맥락을 못 알아볼 정도는 아니었다.

그런데 이 얄궂은 냄새는 대체…

"클라우드가 대체 어디로 갔다는 거지?"

제국의 현 상황을 고려할 때 클라우드의 외유는 딕스에겐 의문의 도화선이다.

이 도화선에 불이 붙어 치지직 타들어간다.

"파견한 수하들이 아직 제국에 도착하지 못했습니다. 이를 알아보려면 시간이 더 걸릴 것 같습니다, 딕스 님."

전격의 파울로부터 음지의 그림자단의 지휘권을 인수받은 딕스는 그 즉시 이들에게 지시를 내렸다.

두 가지였다.

하나는 로키와 그 주변인들의 동향을 살피는 것이고, 다른 하나는 클라우드의 움직임을 감시하는 것이다.

이처럼 빠른 조치를 취했지만 리안 부족 연합과 제국 수도까지의 거리가 있다 보니 정보의 공백이 있을 수밖에 없었다.

이맛살을 오므린 딕스는 탁자를 검지로 툭툭 두드리면서 생각을 정리한다.

떠나기 전 에세누아는 딕스에게 클라우드를 유념하라고 했다.

그의 충고가 없었다면 딕스는 클라우드를 야망에 눈이 먼 녀석으로만 생각하고 완전히 무시해 버렸을 것이다.

음지의 그림자단을 파울에게 달라고 한 이유 중 하나가 클라우드 때문이다.

한데 가장 중요한 자를 본격적으로 일을 시작하기도 전에 놓쳐 버렸으니.

"바로 천장."

"예."

"현상금을 내걸어 현존하는 모든 민간 정보 조직을 움직이고 싶은데. 물론 익명으로 말이야. 가능할까?"

익명으로 하면 신뢰성이 떨어진다. 그러니 천문학적인 현상금을 내걸어도 그들이 움직일 가능성은 무척 희박하다.

딕스는 이 점을 해소할 방법이 있는지 바로에게 물었다.

"제가 알기로 분쟁을 조정하는 비밀 협회가 존재합니다. 그들과 접선해 그들에게 내걸 현상금을 맡기면 될 것입니다. 한데 왜 그토록 클라우드란 자를 신경 쓰시는지요?"

한때 클라우드는 최연소 마법사로 대륙에 이름을 날렸다.

하지만 이제 그것도 옛말이 되었다.

딕스 르 시리우스 백작의 등장으로 말이다.

한데 그런 그가 그 누구도 기억하지 않을 이인자로 물러선 자를 엄중히 경계하고 있었다.

이것이 바로는 이상하게 여겨졌다.

딕스는 바라모스와 카로얀에 대해서 아무에게도 발설하지 않았다.

이 일을 해결할 수 있는 자는 오직 자신밖에 없다는 것을 알기 때문이다.

"그런 게 있었군. 흠, 녀석들이 눈에 불을 켜고 이 일에 매달리게 하려면 얼마가 적당할까?"

딕스가 제일 싫어하는 일이 돈 나가는 것이다.

한두 푼으로 해결할 수 없는 일.

아까워서 배가 아프지만 어쩌겠는가.

이 일을 깔끔하게 마무리 짓지 않고서는 내내 심사가 편치 않음인데.

"큰 거 한 장은 들여야 하지 않겠습니까."

"큰 거?"

딕스의 얼굴이 순간 사색이 된다.

큰 거 한 장이라니!

꿀꺽.

"십만?"

소심하게 묻는 딕스다.

도리도리.

"배, 백만?"

창백한 얼굴로 묻는 딕스다.

도리도리.

"그럼… 처, 천만!"

"그쯤은 돼야 할 것입니다."

딕스의 영혼이 이 순간 피를 토한다.

제 머리를 움켜잡은 딕스는 번뇌와 마주하며 몸을 떨었다.

클라우드 놈 행방을 알자고 자신이 굳이 천만 골드를 쓸 필요가 있을까?

만약 놈과 바라모스가 연관이 없다면 이건 길에 버리는 돈이지 않은가.

이럴 줄 알았으면 제국 귀족들의 금고라도 자주자주 털 것을 돈도 안 되는 사탕 가게는 왜 털었을까?

후회막급이다.

사회적인 지위와 체면을 생각해서 이를 드러내지 않는다.

최대한 점잖게.

오래가지는 않았지만.

"좀… 많군."

"그렇지요."

"하아, 바로."

"예."

"알아봐."

"진정이십니까?"

딕스의 저택에서 생활하다 보니 그의 쏨쏨이에 대해서, 그리고 금전에 대한 그의 인색함에 대해서 바로는 파악하게 되었다.

한데 그런 이가 무려 천만 골드를 쓰겠다고 한다.

'대체 왜 그자를 경계하시는 거지?'

본인이 함구하고 있으니 독심술이 없는 바로로선 죽었다

깨어나도 알 수 없는 노릇이다.

그저 명령을 따를 수밖에.

"할 수 없지. 하지만 내가 쓴 만큼… 그 열 배, 스무 배로 뜯어내야지. 언젠가."

어디서 뭘 뜯어낸다는 건지 알 수 없다.

하지만 바로가 본 딕스라면 분명 어디서든 그렇게 할 것 같았다.

재물에 있어 저 남자는 순수한 욕망 덩어리이기 때문이다.

"즉시 알아보겠습니다."

바로가 나가자 딕스는 혼이 빠진 표정으로 탁자에 제 이마를 쿵 박는다.

도움 안 되는 것들!

누가? 엘프.

하아.

천만 골드짜리 한숨이 딕스의 입에서 쉴 새 없이 흘러나온다.

'내가 다시 엘프랑 상종하면 개자식이다!'

급 우울해진 딕스.

그러나 그의 우울함도 레이첼의 방문으로 인해 싹 사라진다.

[목욕물 준비됐어요.]

밖에서 돌아오면 청결과 건강을 위해서 꼭꼭 씻어주어야 한다.

딕스는 그 어떤 상황에서든 제 몸의 청결을 중요시하는 사람이다.

"아, 그래, 몸이 뻐근하네. 베스랑 시모나도 목욕탕에 있지?"

오늘 딕스는 세 여인과 함께 목욕을 하기로 했다.

약속을 받아냈다.

이는 그가 세 여인들에게 베푼 특별한 산책에 대한 답례다.

물론 홀딱 벗고 하는 목욕은 아니다.

'난 벗어도 좋은데.'

딕스의 속내. 하지만 이를 알 리 없는 레이첼은 수화로…

[베스 언니는 궁에서 찾아온 사람이 있어 급히 나가셨어요. 인사 못 하고 간다고 미안하다고 전해달랬어요. 참, 시모나 언니는 파울 님이 수도에서의 마지막이라고 함께 쇼핑을 나가셨어요. 약속 못 지켜 미안하다고 그렇게 전해달랬어요.]

공무에 바쁜 엘리자베스 공주. 오늘 소풍도 그녀에겐 큰맘 먹은 일이다.

그리고 내일 귀국길에 오를 파울. 아버지와 한동안 헤어져야 할 시모나 입장에선 효도하지 않을 수 없다.

충분히 이해할 수 있고, 납득할 수 있는 상황이다.

그럼에도 억울한 심정이 드는 건 모두가 함께 하는 목욕에 딕스가 큰 환상을 품고 있었기 때문이다.

실망감!

딕스의 심정을 이보다 더 명확하게 대변하는 단어도 없으리라.

"아, 그렇구나."

내심 입맛을 쩝쩝 다시며 실망감을 곱씹는 딕스다.

하지만 곧 그 실망감은 흥분으로 들뜬다.

삼 대 일로 목욕하면 놀이가 된다.

하지만 일대일이면.

번쩍!

사랑(?)이 된다.

'오늘 사고 한번 쳐 버려!'

급격하게 변한 딕스의 표정과 눈빛에 레이첼이 몸을 움츠
린다.

막다른 길목에 갇힌 순진하고 여린 어린 사슴처럼.

"둘이 해야겠네."

레이첼이 거부하면 어쩌나 싶어 내심 발을 동동 구르는 딕
스다.

일각이 여삼추 같다.

레이첼의 대답을 기다리는 그 짧은 시간이 딕스에겐 3년의
시간처럼 길게 느껴진다.

그리고 드디어 듣게 된 레이첼의 대답.

[···예, 같이 해요.]

"고마워!"

발그레.

순진하고 아름다운 사슴도 아는가 보다, 딕스의 감사에 담긴 그 속뜻을 알아차린 것을 보면.

＊　　　＊　　　＊

짹짹짹짹.

햇살에 반짝이는 외부 창턱에 참새들이 몰려와 앉아서는 수다를 떤다.

창문 안쪽으로 들어가면 늦은 아침임에도 침대는 여전히 제 주인을 받치고 있다.

한데 평소 이 침대를 이용하던 자는 하나였는데 오늘은 웬일인지 두 명이었다.

그것도 실오라기 하나 걸치지 않은 남녀.

남자는 딕스였고, 그의 품에 깊이 안겨 잠든 이는 레이첼이었다.

새벽 4시면 어김없이 일어나는 딕스.

그의 늦잠은 어젯밤의 격렬한 사랑 행각에서 알 수 있다.

열일곱 번. 그는 무려 열일곱 번이나 레이첼에게 달려들어 제 정열을 쏟아부었다.

짧으면 30분, 길면 한 시간 반을 쏟아낸 정력.

이러니 다들 떡실신 하지 않을 수 없다.

창문을 뚫고 들어온 눈부신 햇살이 딕스의 얼굴을 쓰다듬는다.

꿈틀.

찌푸린 얼굴로 눈을 뜬 딕스의 그 눈엔 여전히 잠기가 가득했다.

그러다 자신을 깨운 햇살이 레이첼에게로 그 마수(?)를 뻗치려 하자 그는 재빨리 손을 펼쳤다.

딕스의 손그림자가 레이첼의 작은 얼굴을 전부 가린다.

봄날 아지랑이처럼 포근한 레이첼의 숨결이 딕스의 가슴을 규칙적으로 간질인다.

그녀의 잠든 모습이 밤새 휘두른 그의 남성을 또 자극한다.

레이첼이 너무 힘들어 해서 적당히 물러섰던 어젯밤.

주마등처럼 딕스의 망막으로 그 일들이 스친다.

불끈불끈.

'레이첼이 부서질지도 몰라.'

안 된다. 이 여인이 어떤 여인인데.

딕스는 식전부터 잔뜩 성이 난 제 물건을 엄히 나무랐다.

하지만 그게 나무란다고 기가 죽을 놈인가.

물 공국에도 애국가가 있으면 좋으련만.

제 남자의 배려를 아는지 모르는지 레이첼을 감싼 잠의 기운은 떨어질 기미가 없다.

레이첼의 입가에 행복한 미소가 어린다.

그 미소는 다디단 향기를 품고서 딕스의 품속으로 더 깊숙이 파고든다.

남자와 여자는 아마 몸을 구성하는 재료가 분명 다르리라. 그렇지 않고서야 같은 사람의 몸인데 이리 부드럽고 향기로울 수 있겠는가.

딕스는 레이첼의 냄새를 듬뿍 들이마셨다.

'사랑해, 레이첼. 진심 듬뿍. 후후.'

아침잠을 방해하는 시끄러운 참새들, 따가운 햇살과 싱그러운 초목의 푸른 이파리.

누가 만일 딕스에게 일생 중 어떤 일이 가장 기억나느냐고 묻는다면 그는 어김없이 지금이라고 말할 것이다.

몹시 행복한 표정으로 나직한 신음을 흘리며 레이첼이 뒤척인다.

맑고 투명한 호수를 덮고 있던 눈꺼풀이란 장막이 걷힌다.

그 안에 숨어 있던 그녀의 두 눈에는 딕스만이 꽉 들어차 있었다.

그의 눈에도 역시 레이첼뿐이다.

"잘 잤어? 참새들이 너무 시끄럽지?"

환하게 웃으며 맞이하는 제 남자의 부드러운 음성에 여자는 안도와 부끄러움을 느낀다.

그러다 곧 제 얼굴을 빨갛게 물들이며 황급히 이불을 위로 끌어당긴다.

그 짧은 순간 레이첼의 소담하고 말랑한 하얀 두 개의 가슴

살이 딕스의 눈을 사로잡는다.

밤새 저 두 개의 꽃봉오리처럼 아름다운 가슴을 괴롭혔다.

그 흔적이 아직 남아 있다.

이불이 아쉽게 레이첼의 몸을 완전히 뒤덮는다.

'못된 이불이로다!'

이불에 질투가 일어나는 딕스다.

너무 사랑하기에, 너무 좋아하기에 별게 다 질투의 대상이
된다.

도리도리.

레이첼의 고갯짓이 딕스의 가슴을 다시 먹먹하게 한다.

이제는 익숙해졌다고 여겼는데 그게 아니었나 보다.

수시로 이러는 걸 보면.

그녀의 목소리를 다시 들을 수 있다면 억만금도 아깝지 않
을 텐데.

레이첼은 햇살로부터 자신을 보호하기 위해 펼친 딕스의
손을 잡아준다.

제 남자의 말없는 배려와 관심에 그녀는 눈시울을 붉혔다.

그녀의 눈에 맺힌 이슬을 보자 자신의 생각이 표정에 드러
났나 싶어 아차 했다.

그것이 아니었지만.

"배고프지?"

도리도리.

만지작만지작.

고개를 내저은 레이첼은 그의 손을 소중하게 감싸며 만진다.

대접받는 자신의 손을 보며 딕스는 '이래서 연애를 하고 결혼을 하는구나' 라는 것을 깨달았다.

이 좋은 것을 왜 유부남들은 결혼이 인생의 무덤이니 뭐니 한단 말인가.

이보다 더 좋은 천국이 또 어디 있다고. 미친 것들.

그러고 보면 친구, 선배, 동료는 믿을 게 못 된다.

결혼을 재촉하는 사람들은 대부분 가족이다.

이러니 가족 가족 하나 보다.

딕스의 남성이 레이첼의 매끈하고 보드랍고 따뜻한 배를 툭툭 건드린다.

이는 딕스의 마음과 상관없는 현상이다.

자신을 건드리는 것이 무엇인지 몰라 레이첼이 아래로 손을 내린다.

뜨거운 기둥을 만진 레이첼이 화들짝 놀라 커다란 두 눈을 깜빡인다.

그 모습이 우습고 한편으론 이 행복한 분위기를 깬 제 남성이 한심스럽다.

그래도 어쩌겠는가.

그녀와 자신을 완벽하게 이어주는 가교가 바로 이놈인 것을.

"배 안 고프면… 또 할래?"

레이첼은 석상처럼 아무런 움직임이 없다.

그저 빨개진 얼굴로 쩔쩔맨다.

그 모습에 딕스는 어설픔과 어색함이 확연히 드러나는 표정으로 말한다.

"내가 생각해도 너무한 것 같아. 레이첼이 밤새 힘들었을 텐데."

이 표정의 이면에 도드라진 것은 아쉬움, 그리고 갈구.

밤새 딕스가 빨아댔던 레이첼의 입술, 그녀는 제 입술을 살짝 깨문 뒤 두 손으로 그의 얼굴을 자신의 얼굴로 당긴다.

딕스는 환희에 찬 표정으로 거부 없이 그녀의 뜻에 따른다.

두 개의 입술이 부딪치며 용광로와 같은 열기를 발산한다.

펄럭.

딕스는 이불을 허공을 날리며 레이첼에게 저돌적으로 돌진했다.

천 년 정력!

그 마르지 않는 딕스의 정력이 또다시 폭발한다.

"어홍!"

제8장

인생 맑음

아침이라 부를 수 없는 시간에 딕스와 레이첼이 방에서 나왔다.

레이첼은 잘 걷지 못했다.

꽤나 힘들어 하는 그 모습에 딕스는 그녀를 번쩍 안아서는 식당으로 내려간다.

오가던 저택의 일꾼들이 그 모습을 보며 뜻 모를 미소와 함께 고개를 급히 숙인다.

"일어나셨어요, 주인님."

"젤, 좋은 아침."

발랄한 제 주인의 인사에 젤이 환하게 웃어준다.

하지만 그 웃음 뒤엔 피곤함이 깔려 있다.

밤새 저택이 떠나가라 울어대던 끈질긴 야수 덕분에 대부분의 사람들은 선잠을 잤다.

그럼에도 다들 제 주인을 원망하지 않는 것엔 이유가 있다.

딕스의 가공할 정력에 대한 경이가 컸기 때문이다.

"파울 님께서 주인님이 일어나시면 전하라 하신 편지가 있습니다."

"아, 맞다. 오늘 사부가 떠난다고 했는데. 사부는?"

"아침에 가셨습니다."

"내 얼굴도 안 보고 가셨다고?"

"예, 편지는 시모나 님이 갖고 계세요."

"알았어. 일단 밥부터 먹고 싶은데 준비 좀 해줘, 젤."

딕스에게 안겨 있는 레이첼을 보았지만 그 이유에 대해 젤은 묻지 않는다. 궁금해하지도 않는다.

밤새 그리 달달 볶였는데 멀쩡하면 도리어 그게 이상한 노릇이다.

레이첼은 젤을 쳐다보지도 못한 채 그 얼굴을 딕스의 가슴팍에 묻고 어쩔 줄 몰라 한다.

그녀는 몇 번이나 딕스에게 내려줄 것을 부탁했다.

이를 들어줄 딕스가 아니다.

이럴 거면 차라리 침대로 음식을 가져갈 것이지… 여기까지는 생각 못 한 딕스다.

"준비시켜 두었습니다."

"고마워, 젤. 하하."

식당에 도착한 딕스와 레이첼이 식사를 한다.

딕스는 레이첼에게 뭐라도 하나 더 먹이고 싶어 안달하며 제 식사는 뒷전이다.

부모 봉양을 저리하면 하늘이 낸 효자 소리를 들으리라.

"아~ 해봐. 맛있지? 이것도 먹어."

딕스의 손은 쉴 새 없이 움직이며 레이첼의 접시에 음식을 쌓는다.

태산처럼 쌓인 그 더미를 모두 먹으려면 족히 1박 2일은 걸리지 않을까 싶다.

여자를 알게 된 남자, 동정을 바친 남자는 그렇게 한 여자의 철저한 노예를 자청한다.

[됐어요. 딕스 님도 드세요.]

"아냐, 아냐, 레이첼이 먹는 것만 봐도 난 배가 불러. 이상한 일이지?"

해맑은 표정으로 이리 말하는 딕스가 레이첼은 좋았다.

부족한 자신을 진심으로 아껴주는 그가 눈물 나게 고마웠다.

어젯밤은 몹시 아팠지만 그래도 행복했다.

그와 자신이 하나가 되었다는 사실에.

"매워서 그래?"

레이첼의 눈가에 눈물이 맺힌다.

이를 본 딕스가 화들짝 놀란다.

제집에 불이 나도 저런 표정은 안 나오리라.

지금 딕스에게 레이첼은 하늘이요, 땅이며, 조상님이다.

아니, 그보다 더 소중했다.

도리도리.

언제부터 서 있었던 것일까? 식당 입구에서 시모나와 젤이 남녀의 애정 행각을 보며 넋을 놓고 있다.

이들이 알고 있는 딕스는 식탁 앞에서는 절대 제 입을 허전하게 두지 않는다.

한데 그런 그가 먹지도 않고 레이첼에게 딱 달라붙어서 챙겨주기에 급급했다.

시모나의 눈가에 잠시 섭섭한 기색이 감돈다.

자매처럼 지내지만 그녀도 한 남자의 관심과 사랑을 받고 싶은 여자였다.

젤이 시모나의 기분을 느꼈는지 딕스가 알도록 인기척을 낸다.

그제야 딕스는 시모나가 왔음을 알았다.

"아, 언제 왔어?"

[어서 오세요, 언니.]

두 사람이 다정하게 앉아 손을 흔드는 그 모습에 시모나는 내심 쓸쓸함을 느꼈다.

어제 시모나와 엘리자베스 공주는 그와 레이첼의 합방(?)을 위해 일부러 자리를 피해주었다.

이는 레이첼이 자신들에 비해 열등감을 갖고 있음을 알고 있었기 때문이다.

또한 자신들과 달리 레이첼은 딕스가 좋아서 먼저 매달린 사람이기도 했다.

그랬기에 쓰린 속을 달래며 양보의 미덕을 보여주었다.

엘리자베스 공주는 지금의 이 모습을 안 보니 그나마 마음은 편할 것이다.

하지만 이를 지켜본 시모나 입장에선…

"좋은 아침이네요, 딕스 님. 레이첼, 잘 잤어?"

마음씨 넓은 장녀, 착한 여주인공처럼 쓰린 제 속을 감추며 평상시와 다름없이 행동한다.

레이첼과의 그 기나긴 밤에 홀려 버린 딕스는 시모나의 마음을 알지 못한다.

오직 그만이.

레이첼이 미안한 표정으로 시모나를 보았다.

그녀의 눈은 말한다.

'미안해요, 언니' 라고.

그러자 딕스가 눈치채지 못하는 수신호를 시모나가 레이첼에게 전한다.

'우리가 남이니!' 라고.

시모나가 오자 딕스는 그제야 밥을 먹을 수 있었다.

셋은 그렇게 한 식탁에 앉아 이런저런 이야기를 나누며 시모나는 점심을, 레이첼과 딕스는 아침을 먹었다.

시모나는 한 통의 서신을 간식으로 마신 차가 비워질 때쯤 딕스에게 건넸다.

"아버지께서 드리라고 하신 거예요."

"시모나, 미안해."

파울은 자신과는 사제지간이지만 시모나에겐 아버지다.

그런 아버지를 제 남자가 배웅도 하지 않고 보냈으니 어찌 그 마음이 좋겠는가.

뒤늦게 이를 깨달은 딕스는 쥐구멍이라도 있으면 분양받아 들어가고 싶었다.

하지만 사람이 어찌 쥐구멍에서 생활할 수 있겠는가.

파울의 편지를 갈무리한 딕스는 시모나의 귀에 대고 낮게 속삭였다.

"오늘 나랑 목욕할래?"

지칠 줄 모르는 청춘의 정력이 여인의 섭섭한 심정을 녹여 준다.

"…예."

빨개진 얼굴로 시모나가 나직이 대답한다.

그녀의 목소리는 개미 발자국 소리처럼 작다.

레이첼이 두 사람의 약속을 눈치챈 듯하다.

하지만 이를 모른 척한다.

"하하하하하!"

딕스가 웃는다.

참 좋은 하루가 또 올 것 같기에.

*　　　*　　　*

결혼식을 빼면 부부나 마찬가지인 세 여인과 딕스의 결혼식은 내년 봄으로 잡혔다.

딕스, 나이 19세.

예지몽에서 그가 살해당했던 시기와 절묘하게 맞물렸다.

이 결정은 국왕 내외와 전격의 파울과 딕스의 부모님이 그가 제국에서 마인 노도로 행사하는 동안 연락을 주고받으면서 내린 결정이었다.

딕스는 어른들의 이와 같은 결정에 반대하지 않았다.

공주는 시모나와 레이첼의 편의를 위해 궁이 아닌 딕스의 저택에서 신혼 생활을 하기로 했다.

이후 왕궁엔 따로 이들의 거처를 마련하되 이곳에서의 생활은 각자의 뜻에 맡기기로 했다.

합리적인 엘리자베스 공주의 처사에 당연 시모나와 레이첼은 몹시 기뻐했다.

사람들의 시선이 쏟아지는 왕궁에서의 생활이 두 여인에게 불편한 점이 많음은 뻔한 일이다.

이러한 일을 공주가 사전에 조율해 주었기에 딕스는 무척이나 기뻤다.

가장 큰 걸림돌이 될 신혼집의 문제가 해결되자 딕스는 마음의 큰 짐을 내려놓을 수 있었다.

하루하루가 꿈처럼 아름다운 나날 속에서 딕스는 행복했다.

이 알찬 날들이 깨어지지 않기를 그는 진심으로 바랐다.

행복함이 크게 차오를수록 딕스의 마음속 한편엔 불안감과 두려움도 그 못지않게 커져만 갔다.

역천의 주술사 바라모스가 그의 불편한 가시였다.

하아.

차 한 잔 들고 테라스에 앉아 비 오는 풍경을 바라본다.

빗방울을 퉁기는 도도한 잎사귀들의 떨림이 애처롭기도 하고 예쁘기도 하다.

스읍.

공기에 스며든 물의 시원함이 온몸을 정화시킨다.

비와 숲이 만난 그 상쾌한 내음이 그를 청량감에 대취케 한다.

"딕스 님."

바로가 딕스를 찾아왔다.

딕스는 그에게 맞은편 자리를 권했다.

편안하고 멋지며 풍요로운 분위기다.

대자연이 선물하는 방향제로 온몸의 세포 하나하나가 축

복을 받아 날아다닌다.

여기에 머릿속까지 편하면 더할 나위 없을 터인데.

세상은 아직 그처럼 완벽한 평화를 딕스에게 줄 생각이 없는 듯하다.

"어찌 됐습니까?"

"클라우드의 행적을 찾아냈습니다."

꿈틀.

딕스의 광댓살이 주먹에 힘을 넣듯 역동적으로 움직인다.

"어딥니까?"

한 잔의 차와 여유는 서릿발처럼 변한 그의 기세로 인해서 꽁꽁 얼다가 곧 터져서 부서진다.

아흔아홉 개의 행복을 가지고 있는 딕스였다.

이제 마지막 하나만 가지면 딱 백 개로 채워진다.

더 바랄 것도 없다.

그 하나는 바라모스.

일생일대에 가장 크고 위험한 시련이 될 것이다.

이렇다 보니 자연 긴장감에 몸과 마음이 술렁거렸다.

"그자가 간 곳은 카페니스 제국 남부의 요하렌 주입니다. 그리고 말씀 편히 해주십시오. 전 딕스 님의 부하이옵니다."

"음, 그렇게 부탁하니 그러지. 가만, 요하렌이면 클라우드 놈이 황제의 명으로 호전적인 소수 부족을 정벌했던 곳이로군."

"그러하옵니다. 그곳에 대해 아시옵니까?"

"자연과 사람이 모두 억세어서 오만한 제국조차 요하렌의 개발을 포기했을 정도라고 알고 있소."

딕스의 풍부한 지식에 바로는 깜짝 놀랐다.

갓 성년이 된 19세 청년.

아직은 앳됨이 그의 행동에 남아 있다 보니 가끔은 귀여운 막냇동생을 보는 느낌이 들곤 했다.

그러다 가끔씩은 또래를 넘어서는 딕스의 지식과 과감한 결단력에 깜짝깜짝 놀랐다.

지금도 그러한 심정으로 딕스를 바라보는 바로였다.

"요하렌이면 이곳에서 상당히 먼 곳입니다. 빠른 말로 쉬지 않고 달려도 한 달 보름이나 걸립니다."

빠른 말을 달려 한 달 보름이면 대체 마차로는 얼마나 걸린단 말인가! 여기에 현지 사정을 고려하면 가는 데만 실로 엄청난 시간을 길바닥에 뿌려야 할 것이다.

딕스가 말을 못 타는 것은 더 이상 비밀도 아니다.

그러니 그가 이용할 수 있는 교통수단은 선박과 마차가 전부다.

그 자신의 신체를 액체화시켜서 날아가는 방법도 있긴 하지만 문제는 마나 소비량에 비해서 효율성, 즉 속도가 느리다는 단점이 있었다.

마나 소비량도 줄이고 속도를 내려면 지상을 흘러가는 방법이 있는데, 그러자니 자신의 흔적을 너무 남기게 된다.

쓸데없는 인명 피해도 양산할 것이고.

이런저런 것을 계산하다 보니 딕스의 고민은 길어질 수밖에 없었다.

"놈의 요하렌행에 대해서 아는 것이 있나?"

"거기까지는 알아내지 못했습니다."

"하아, 요하렌이라. 요하렌……."

딕스는 자신이 그곳까지 이동할지 말지에 대해 속으로 저울질하고 있었다.

험난한 지형과 지물, 그리고 호전적인 여러 소수 부족이 살면서 그 땅은 제국의 영토였지만 오랫동안 그들 내부에서 별개의 지역으로 분류되어 왔다.

그랬던 그 지역을 클라우드가 정복하면서 온전한 제국의 영토가 되었다.

북부 동맹과 수도 이전이란 복병이 등장하지 않았다면 제국은 요하렌의 발전에 총력을 기울였을 것이다.

개발되지 않은 보고라 불리는 요하렌이기에.

"제국으로 출발한 단원들에게 요하렌 지역으로 이동하라 명하겠습니다. 그들만으로도 충분할 것이옵니다."

바로는 딕스가 요하렌까지 가지 않을 것이라 생각했다.

요즘 딕스는 달달한 일상에 푹 빠져 지내고 있었으니까.

같은 남자로서 몹시 부러운 하루하루다.

그러다 보니 지금의 이 행복을 뒤로하고 딕스가 장기 출장을 가지 않을 것이라 확신했다.

또한 클라우드의 삶의 터전이 그곳에 있지 않으니 그 역시 볼일을 보고 곧 올라올 것이다.

요하렌까지 클라우드를 쫓아가는 일은 비효율적이다.

'효율을 좋아하시는 분이니 내 뜻을 받아들이시겠지.'

이러한 바로의 내심과 달리 딕스는…

"클라우드가 대동한 수행원의 규모에 대해서 알아봐줘."

"즉시 시행하겠습니다."

그의 명령을 수행하기 위해 벌떡 일어선 바로.

딕스가 그를 부른다.

"바로 천장, 차는 한잔하고 가. 자, 자, 여기 앉아."

도로 앉은 바로는 차 한 잔을 얻어 마신 후에야 그의 명령을 수행하기 위해 나설 수 있었다.

바로가 떠난 테라스.

식은 찻잔의 찻물처럼 딕스의 표정도 싸늘하다.

'제국이 몸살을 크게 앓고 있는 지금, 놈의 행동은 트집거리가 된다. 그럼에도 놈이 그와 같은 결정을 내렸다는 건!'

바라모스와 그가 연관되어 있지 않다면 딕스는 클라우드의 행보 따위 전혀 신경 쓰지 않았을 것이다.

그러나 현실은 바라모스에 대한 단서를 쥔 유일한 인물로 클라우드를 대두시켰다.

신경 쓰지 않을 수 없다.

협상이냐, 전쟁이냐.

딕스는 자신의 인생에 마지막 남은 이 복병의 처리 문제를 고심했다.

그렇게 한참이 지난 후 그는 결론을 내렸다.

결혼식 전까지 이 일을 깔끔하게 끝내기로.

"아무래도 내가 움직여서 매듭짓는 게 낫겠어."

이번이 마지막이다.

이 외유를 끝으로 더는 외국을 떠돌아다니지 않으리라.

두 주먹을 불끈 쥐며 딕스는 그리 맹세했다.

*   *   *

클라우드는 수행원도 없이 홀로 요하렌으로 떠났다고 한다.

이는 주변에 알리기 싫은 비밀이 있지 않고서야 있을 수 없는 일이다.

딕스의 직감은 그 순간 열렬히 말하고 있었다.

'요하렌이라.'

제국 전도를 펼쳐서 바라보는 딕스의 눈빛이 점점 무거워진다.

7월 중순.

결혼식은 아직 한참이나 남았지만 엘리자베스 공주를 선봉으로 시모나와 레이첼은 벌써부터 결혼식 준비와 자신들이 생활하게 될 저택 내 공간의 구조를 바꾸는 일을 상의하고, 이 일을 맡길 건축가와 가재도구 등을 장만하는 일로 연일 바쁘게 돌아다녔다.

딕스는 예비 세 아내들이 바쁜 그 시간을 틈타서 액체 상태에서의 비행 가능 시간과 속도, 마나 소비 등을 점검했다.

우려했던 대로 역시 속도가 가장 큰 문제였다.

이것은 그로서도 개선해 나갈 방법이 없었다.

물의 마법사의 어쩔 수 없는 한계였다.

개인 점검 시간을 마치고 돌아온 딕스는 세 여인과 함께 바비큐 파티를 열었다.

이 파티엔 아무도 오지 못하게 했다.

웃고 떠들고 마시며 그 밤을 함께 한 침대에서 일남삼녀는 뒹굴었다.

그리고 새벽녘, 세 여인의 자는 모습을 한참 동안 내려다본 딕스는 편지 한 장 달랑 써놓고 저택을 빠져나왔다.

'남자는 마무리가 중요해. 이번 일만 끝내면 평생 그대들 곁을 떠나지 않을 거야.'

발길이 떨어지지 않지만 어쩌겠는가.

해야 할 일을 미뤄두면 반드시 후환이 닥친다.

그의 지난날의 경험이 딕스를 채찍질한다.

제9장

변화를 부르는 감각

딕스는 그길로 로키를 잡으러 갔다.

그림자 마법사 중 유일하게 생존해 있는 인물.

전격의 파울이 귀국한 이상 놈을 효율적으로 상대해 줄 믿음직한 사람은 이곳에 없었다.

그러니 야수 같은 이자를 남겨둘 수 없다.

술이 떡이 되어 자는 로키.

"쯧쯧, 명색이 적진인데 개념이 없어도 너무 없군."

로키를 보며 딕스는 혀를 찼다.

품에서 금속 재질의 막대를 꺼낸 딕스는 마개를 열어 그 속에서 한 알의 알갱이를 바닥에 떨어뜨렸다.

안개를 생성시킨 딕스는 알갱이와 안개가 하나가 되도록
했다.

강력한 산성을 띤 안개가 로키의 전신을 덮쳤다.

그때서야 위기를 감지한 로키가 눈을 떴다.

상황은 걷잡을 수 없을 만큼 진행되었기에 로키는 아무것
도 할 수 없었다.

녀석은 유언조차 남기지 못했다.

오죽하면 그 흔한 비명조차도.

딕스는 로키가 거주하던 저택에 불을 지른 뒤 유유히 그 화
재 현장을 벗어났다.

흐물흐물.

거대한 화마를 배경으로 딕스의 몸이 액체화되었다.

그 상태 그대로 하늘 높이 솟구쳤다.

그러곤 남쪽을 향해 전속력으로, 전력을 다해서 날아가기
시작했다.

'하아, 굼벵이 같은 속도감이로구나!'

그는 탄식했지만 말을 타고 가는 것보단 이편이 훨씬 빠르
다.

직선코스로 쭉 내려갈 수 있다는 장점을 고려하면 시간은
더욱더 단축된다.

*　　　*　　　*

스르륵.

깊이 잠든 것처럼 꿈쩍도 안 하던 레이첼이 눈을 뜬다.

그녀의 눈엔 의외로 잠기운이 하나도 없었다.

조용히 상체를 일으킨 레이첼이 바닥에 내려선다.

가운을 들어 제 알몸을 가린 그녀는 창가로 조심조심 다가간다.

엘리자베스 공주와 시모나는 취기와 피곤함으로 정신없이 자고 있었다.

어제 술을 마시지 않은 사람은 레이첼이 유일했다.

레이첼은 딕스가 일어나고, 그가 자신들을 일일이 내려다보며 한참을 서 있던 것을 알고 있었다.

그가 떠나는 것도.

'무슨 일인지 모르지만 무사히 돌아오세요.'

레이첼이 두 손 모아서 하늘을 향해 기도한다.

기도를 끝낸 그녀는 딕스가 작성한 편지를 조심조심 펼쳤다.

슬픔과 걱정과 안타까움만 깃들었던 레이첼의 입가에 미소가 피어난다.

베스, 애들 잘 관리하고 있어.

시모나, 요구르트 또 만들면 사부한테 보낸다.

레이첼은 언니들이 구박하면 그 내용 적어놔. 이 오빠가 와서 엄히 벌줄게.

아, 그리고 왜 또 사라졌냐고 돌아온 나에게 묻지 마. 남자의
비밀도 소중한 거야. 여자만 그런 게 아니란 말이지.

그럼 잘들 있어, 내 예쁜 여자들아.

늦어도 결혼식 전까지는 올 거야.

                    모두의 서방님, 딕스 르 시리우스 백작님이.

가볍고 유치한 느낌이 물씬한 내용이다.

웃음을 유발하는 익살스러운 내용이다.

그러라고 쓴 편지이기에.

그래서 레이첼은 웃었다.

뚝뚝.

물방울이 딕스가 남긴 편지에 떨어진다.

급히 눈가를 닦고, 편지를 닦은 레이첼은 그것을 다시 봉투
에 넣은 뒤 탁자에 올려놓았다.

그러곤 제자리로 가서 누웠다.

'언제까지나… 기다릴게요, 내 하나뿐인 낭군님.'

                *   *   *

사물을 바라보는 인간의 실질적인 시선은 의외로 상당히

제한적이다.

이는 개인이 자라온 환경과 교육과 성격 등이 제한적 요소로 작용한다.

이러한 시선을 가진 사람은 그 지닌 바 생각도 상당히 제한적이라서 자신과 반대되는 자들을 배척하거나, 더 심하면 그들을 적으로 규정하기도 한다.

딕스 역시 그 인간의 범주에서 세상을 바라보며 살아왔고 이를 정상적인 현상이라 믿어 의심치 않았다.

인간의 형상을 벗어던진 채 액체화 상태로 장기간 변형해 움직이던 딕스는 인간의 시점이 아닌, 자연의 시점에서 사물을 바라보는 감각에 눈뜨기 시작했다.

세상 만물의 흐름과 그 흐름 속 아기자기한 모습으로 결집된 대자연의 놀라운 신비.

그 낱낱의 것들은 하나이면서도, 그 하나를 통해 전체를 알 수 있었다.

놀랍게도 인간 역시 이러한 범주에서 벗어나지 못했다.

그가 물 공국을 떠난 지 열흘.

액체화 상태의 비행을 유지하는 데 필요한 마나의 보충 외에 딕스는 아무것도 먹지 않았고, 잠도 자지 않았으며, 생물학적인 배출 행위도 하지 않았다.

그러함에도 그는 배가 고프지도 않았고, 피곤하지도 않았으며, 몸의 불편도 전혀 느끼지 못했다.

경이로운 이 현상 앞에 매혹되어 버린 딕스는 자신의 정체성과 존재감이 점차 흐려졌다.

이는 가랑비에 옷이 젖듯 그를 젖어들게 만들었다.

'뭐지? 이 이상야릇한 기분은!'

물에 빠진 자가 살기 위해 발버둥 치듯 그렇게 온 힘을 다해 딕스는 자신을 잡아먹으려는 오묘한 느낌을 피해서 달아났다.

촤아아아아라라랑.

액체화를 황급히 해제한 딕스의 온몸은 소름으로 도배가 되어 있었다.

설명할 수 없는 짜릿한 전율이 그를 휘감고 휘두르며 좀 전의 그 상태로 돌아가자고 종용했다.

그의 심장은 지금 방아를 찧는지 요란하게 쿵쾅거렸다.

의문의 이 현상은 딕스에게 당혹감과 두려움을 심어주었다.

딕스는 주변을 아예 신경 쓰지 않고 흙바닥에 무너지듯 주저앉았다.

지금은 아무것도 할 수가 없었고, 생각도 이어나갈 수가 없었다.

두렵게도 자신은 무언가에 의해 서서히 흡수당하고 있었다.

자신이 아닌 그 무언가가 되려고 했다.

이 현상을 어찌 설명해야 할지 도저히 알 수 없다.

하나 분명한 것은 액체화 상태로 되돌아간다면 그 위험에서 두 번 다시 발을 뺄 수 없을 것만 같았다.

알코올중독자가 술을 끊지 못하듯이.

딕스가 지닌 최강의 힘은 이렇게 의외의 복병을 만나 그만 발목이 잡히고 말았다.

딕스의 꽉 쥔 주먹은 식은땀으로 흥건했다.

봐서도 안 되고, 가까이해서도 안 될 위험한 영역에 발을 디딘 느낌이었다.

*　　　*　　　*

두두두두.

한 대의 마차가 가도를 질주하고 있었다.

후덥지근한 날씨에 저 흙먼지까지 뒤집어쓴다면 둘도 없는 호인이라도 욕설을 토하고 말리라.

딕스는 자신을 향해 곧장 달려오는 마차를 인식하지 못했다.

마부 역시 딕스가 그 자리에 석상처럼 앉아 있을 것이라곤 예상하지 못했다.

그래서 마차의 속도는 사람을 향해 곧장 달려가고 있음에도 전혀 줄어들지 않았다.

딕스의 모든 사고는 지금 자신을 잠식하려는 미증유의 존재(?)에 대한 분석에 집중되어 있었다.

마차를 몰던 마부는 뒤늦게 사람을 발견했다.

딕스가 길을 비켜주지 않자 당황한 얼굴로 마부는 크게 고함쳤다.

"이 정신 나간 놈의 새끼야, 비켜! 비키라고!"

욕설과 동시에 마부는 다급히 제동장치를 작동시켰다.

굵직한 나무가 뒤틀리다 부러지는 소리가 마차에서 터져 나왔다.

마차의 급작스러운 제동에 말들이 놀라 지들끼리 부딪치고, 꼬꾸라졌다.

가속도가 붙어 있던 마차는 이런 말들의 뒤꽁무니를 세차게 박은 뒤 그 방향을 잃고 가도 밖 도랑에 거칠게 처박혔다.

순식간에 일어난 사고였다.

굉음과 충격파가 그제야 딕스에게 전달되었다.

"엇!?"

황당한 표정으로 일어선 딕스는 전복된 마차를 바라보다 곧 자신을 향해 삿대질하는 자를 보았다.

"야, 이 개새끼야! 뒈지려면 딴 데 가서 뒈져!"

마차가 탈선하는 중에 밖으로 튕겨 나갔던 마부는 깨진 제 이마를 부여잡곤 딕스를 향해 욕설을 쏟아부었다.

딕스는 다짜고짜 자신을 향해 욕설을 퍼붓는 마부를 보며 인상을 찌푸렸다.

아직 그는 상황을 제대로 인식하지 못하고 있었다.

그러다 보니 마부의 행동에 점점 화가 치밀었다.

그렇지 않아도 그의 속은 불안감으로 흔들리고 있었다.

마부의 행동은 불난 집에 부채질하는 꼴이다.

잘못은 딕스에게 있었지만.

"왜 욕지거리냐!"

자신의 상황이 기막히고 답답하던 차에 뜬금없이 욕설을 들어먹자 저도 모르게 울화가 치민 것이다.

마부는 마부대로 화가 나 미칠 지경이었다.

똥 싼 놈이 방귀 뀐 놈 나무란다고 지금이 딱 그 짝이다.

흥분한 마부가 성난 황소처럼 딕스를 향해 돌진했다.

그때 전복된 마차 문짝이 덜컹거리다 밖으로 나가떨어졌다.

퍼억!

그제야 마부는 자신이 미친놈과 시시비비를 가릴 때가 아님을 깨달았다.

마부는 곧장 전복된 마차로 달려갔다.

마차 안에서 기절한 듯 보이는 여자가 쑤욱 올라왔다.

누군가 밑에서 올려준 것이다.

당황한 마부가 더듬거리며 크게 말했다.

"괘, 괜찮으십니까?"

"얼른 받아줘요."

"아, 아! 예예."

마부는 황급히 기절한 여인을 가도에 옮겨놓았다.

툭.

여자의 머리가 마침 딕스가 서 있는 방향으로 움직였다.

그 순간 딕스는 크게 놀라고 말았다.

"어? 올가!"

올가를 탈출시킨 남자가 마차에서 빠져나온다.

그 역시 딕스가 아는 자였다.

"…행크까지."

딕스의 얼굴에 황당한 표정이 가득하다.

이곳이 제국 땅이긴 하지만 수도와는 상당히 떨어진 남쪽
이다.

한데 이런 곳에서 두 사람을 만나게 되다니.

인연이란 참으로 알 수 없는 일이다.

"딕스!"

다행히 행크는 멀쩡했다.

겉으로 보이는 상처라고는 살짝 긁힌 몇 군데 찰과상이 전
부다.

딕스를 알아본 행크 역시 놀라긴 마찬가지다.

하지만 당장은 올가의 상태를 확인하는 게 급선무였다.

*　　　　*　　　　*

마차 전복 사고 현장에서 가까운 도시로 올가를 급히 이송
한 딕스와 행크.

병원 복도에서 기다리던 딕스는 보호자 신분으로 의사와 면담을 마치고 나온 행크를 향해 걸어갔다.

딕스는 전복 사고가 자신으로 인해 빚어졌다는 것을 뒤늦게 알고 모두에게 미안한 마음을 감출 수 없었다.

"올가는 어때?"

"갈비뼈 세 대가 부러졌대. 다행히 장기를 찌르지는 않아서 생명에 지장은 없어. 별일 아냐. 하하."

올가가 다쳐 깨어나지 못하자 그 앞에서 어린아이처럼 대성통곡하던 이가 행크였다.

그런 그가 지금은 대수롭지 않다는 듯 천연덕스럽게 올가의 상세를 말하고 있었다.

딕스의 기분을 생각해서였다.

이를 알아차린 딕스는 이 상황이 더 미안해졌다.

두 사람은 병원 밖으로 나왔다.

"마셔라."

딕스가 건넨 음료수를 받은 행크는 단숨에 이를 비워 버렸다.

대성통곡의 후유증이 갈증으로 나온 것이다.

딕스는 따지 않은 제 음료수도 건넸다.

"너는?"

이리 물으며 음료수를 챙겨 든 행크는 그 자리에서 또 이를 단숨에 비워 버렸다.

그제야 녀석의 얼굴에 덕지덕지 붙은 긴장과 조바심이 조금은 사라진 듯했다.

"여전하구나, 행크."

"어? 이제 말 편히 하네. 진작 그랬어야지. 하하하."

고리짝만 한 눈을 크게 치켜뜬 행크의 눈은 그의 덩치까지 더해지자 무섭기 그지없다.

하지만 이는 상대를 위압하려는 것이 아니라 타고나길 이리 타고났기에 그의 뜻과는 전혀 상관없이 주위에 민폐가 된다.

딕스 역시 이에 움츠러들 인물도 아니니 그저 가볍게 응수한다.

딕스와 달리 주위에 있던 환자와 면회객들은 불편한 기색으로 다들 행크의 눈치를 살피며 하나둘 자리를 피해 버렸다.

야외 휴게실에는 딕스와 행크만이 남게 되었다.

"딕스, 그런데 너 여긴 무슨 일이냐? 아! 너도 피난 온 거냐? 하긴 수도가 그 지경이 되었는데 일자리는 무슨. 쯧."

행크의 말에 딕스의 머릿속은 복잡해진다.

언젠가는 수도의 지하수로 인해 재앙이 닥쳤을 것이다.

하나 그 언젠가를 자신이 앞당기면서 많은 이들이 집과 직장을 잃어버렸다.

행크 역시 수많은 피해자 중 한 명이었다.

그나마 행크와 올가는 집안 형편이 풍족하다 보니 집과 직장이 전 재산이나 다름없는 자들보다는 그나마 형편이 낫다.

"너는 올해 졸업이지 않아?"

"그렇긴 한데… 수도가 침몰한다고 난린데 아카데미가 운영되겠어? 휴우."

"위로의 말이 떠오르지 않네."

"괜찮아. 괜찮아. 졸업장보단 실력이지. 하하하. 참, 그래도 다행이다."

"응? 뭐가."

"네가 무사해서 말이야. 실은 너 찾느라 우리가 무진장 애먹었다. 올가 녀석은 네가 사고당한 줄 알고 거의 자지도 먹지도 않고 백방으로 수소문하고 다녔어. 오랫동안 올가를 알아왔지만 그렇게까지 누군가를 애타게 찾아다니는… 휴우, 아니다. 어쨌든 네가 이리 무사한 걸 올가가 보면 무척 기뻐할 거야."

좋아하는 여자가 친구를 좋아한다.

우정이냐, 사랑이냐, 행크는 둘 모두를 지키고 싶었다.

하지만 딕스를 찾아다니던 올가의 그 모습을 본 이후 행크는 사랑에서 한발 물러나서 '두 사람의 행복을 지켜주는 게 더 낫지 않을까?'라는 생각을 하기에 이르렀다.

이전이라면 결코 이러한 생각을 행크는 하지 않았을 것이다.

페슈아 대숲에서의 사건이 그를 내적으로 생각하는 인간형으로 성장시켰다.

"소식 전하지 못해서 미안하다."

다시 못 볼 녀석들이라 생각했던 딕스는 이들에 대해 그리 신경 쓰지 않았다.

한데 자신을 위한 그들의 노력을 전해 듣자 괜스레 미안한 마음이 들었다.

"됐다. 지금처럼 무사해 준 것만으로도 됐어. 그리고 미안하다, 딕스."

"……?"

"실은 올가, 그 녀석이 널 찾아다니는 걸 보고 질투했었다. 그래서 하면 안 될 생각까지 했어. 그 점 진심으로 미안하다, 딕스."

자리에서 벌떡 일어선 행크는 그를 향해 그 큰 머리를 땅에 닿을 정도로 숙였다.

확실히 행크는 뭔가가 달라져 있었다.

그러고 보니 눈빛이나 기도 역시 페슈아 대숲에서 마지막으로 보았을 때와 비교하면…

'성장한 것인가?

하긴 자신만 성장하라는 법은 없다.

딕스의 성장이 다른 이들에 비해서 독보적이긴 하다.

아니, 사기 수준의 성장이라고 봐야 할 것이다.

딕스가 비교 대상이면 세상은 정체되었다고 봐야 한다.

하나 그 속에서 끊임없이 누군가는 성장하고 있었다.

행크처럼.

올가는 농담처럼 행크를 산이 되어가는 녀석이라고 했다.

이는 그의 운동량과 덩치를 비유한 말이다.

한데 이제 보니 녀석은 기도마저 점점 산을 닮아가고 있는 것 같았다.

"후후. 그런 생각을 했다니… 행크, 너 내게 빚졌다."

"그, 그래, 네게 빚졌다, 딕스."

"밥이나 먹으러 갈까?"

꼬르륵.

딕스의 말이 떨어지기 무섭게 행크의 배 속이 운다.

둘은 곧 어깨동무를 하며 밥집을 향해 걸어간다.

"딕스."

"왜?"

"무사해서 정말 다행이다. 이건 진심이야."

"알았다."

"딕스야."

"왜?"

"나, 지갑 없는데. 잃어버린 것 같아. 흠."

딕스를 아직도 가난한 시골 청년으로 생각하고 있는 행크다.

그러니 가난한 친구에게 밥을 사라는 말은 그의 성격상 죽어도 못 한다.

안절부절못하는 행크를 보자 딕스는 피식 웃었다.

"행크야."

"왜?"

"네가 생각하는 것처럼 나, 그리 가난하지는 않아. 친구 밥 한 끼 사 줄 여력은 된다."

"정말?"

"믿어라. 친구한테 거짓말은 안 해."

"하하하하. 좋아, 그럼 푸짐한 걸로 사라. 올가 땜에 진땀을 쫙쫙 흘렸더니 배가 홀쭉해졌다."

제 배를 내보이며 익살을 떠는 그 모습에 딕스는 대소했다.

행크 덕분에 딕스는 잠시 자신의 상황을 잊을 수 있었다.

*　　*　　*

병원 앞.

"행크, 나에겐 사랑하는 사람이 있다. 그러니 올가 씨와 내가 잘될 확률은 하늘이 뒤집어져 바다가 될 확률과 같을 거야. 그리고 이게 너와 나의 마지막 만남일지도, 아니면 훗날 또 보게 될지도 모르겠지만 행크, 내 널 친구로 기억하마."

우연한 행크와의 만남은 그의 복잡한 머릿속을 정리하는 빠른 계기가 되었다.

그는 지금 이 여유를 갖고 자신의 상태를 꼼꼼히 살펴보며 요하렌으로 가기로 마음먹었다.

딕스의 이런 속내를 알 수 없는 행크는 그가 자신과 올가 사이에 끼어들지 않으려는 배려로 생각했다.

자신이 그랬던 것처럼 딕스도 우정을 위해 사랑을 포기하는 것이라 여겼다.

행크에게 딕스는 세상에서 가장 멋진 놈으로 이 순간 기억된다.

울먹울먹.

"너, 정말 올가에게 털끝만큼의 관심도 없는 거야? 그게 아니라면……."

'나 때문이라면'이라는 말을 차마 내뱉지 못하는 행크다.

툭툭.

딕스는 행크의 탄탄한 어깨를 격려 차원에서 두들겨 주며 말한다.

"행크, 연애도 전쟁이야. 이기면 살고, 지면 죽어. 굳이 긴 말하지 않을게. 네가 올가를 어찌 생각하는지는 일찍이 알아봤으니까. 그리고 세상에 양보할 게 없어 제가 좋아하는 여자를 양보하는 놈, 그런 놈이 제일 비겁한 거야."

행크는 복잡한 심정이 되어 딕스를 보았다.

"너, 많이 달라진 것 같다."

"내가?"

"자신감과 여유가 넘쳐흘러. 전에 봤을 때는… 무언가에 쫓기는 녀석처럼 불안정해 보였거든. 어쨌든 충고 고맙다. 그리고 올가, 누구에게도 빼앗기지 않겠어. 우정보다 사랑을 택하겠어. 남들에게 손가락질을 받더라도."

"누구도 그런 일로 널 손가락질하지 않아. 손가락질하는 인간이 오히려 이상한 거야. 그 결심, 앞으로도 쭉 지켜 나가길 바란다. 행크, 잘 있어라."

행크는 딕스가 준 기회를 놓치지 않겠다며 거듭 결심하고 결심한다.

그리고 묵묵히 딕스를 배웅한다.

'잘 살아라.'

착한 일 했다.

이런 자신을 위해 하늘이 조그마한 배려나 선물이라도 주었으면 하고 딕스는 바랐다.

제10장

침묵하는 자의 숲

스스스스스슷.

검붉은 광망을 줄기차게 뿜어 올리는 신비로운 녹색의 자수정이 있었다.

그 안은 놀랍게도 거무칙칙한 연기가 마치 파도처럼 일렁이며 여러 가지 형태로 수시로 변모했다.

이 괴이한 자수정 앞엔…

"당신이 기다리던 자를 찾아냈습니다, 바라모스 님."

공손한 자세로 신비한 자수정을 향해 보고를 하는 자.

놀랍게도 그는 클라우드였다.

그의 말이 떨어지기가 무섭게 수정 안의 검은 연기가 요동

치기 시작한다.

이 연기는 바라모스의 영혼이었다.

이 용기는 그의 영혼을 보호하는 일종의 보호막이다.

긴 세월, 그 인내의 시간을 바라모스는 이곳에서 버텼다.

수많은 기회가 있었음에도 불구하고.

하나 그의 세월은 기다림으로만 국한되지 않았다.

그 증거들이 바로 천벽의 그림자 마법사와 여기 클라우드였다.

클라우드의 몸속엔 바라모스의 명령을 거부할 수 없는 금제가 깃들어 있었다.

이를 거부할 시 그에겐 오직 끔찍한 고통과 죽음만이 있을 뿐이다.

'드디어 때가 왔군. 때가. 놈은 모를 것이다. 내가 놈의 계획을 역이용하려 했음을.'

바라모스가 말하는 놈이란 그의 숙적 카로얀이다.

운명의 주술사 카로얀. 바라모스는 자신을 상대하기 위해 카로얀이 마련한 대비책을 눈치채고 그의 안배를 일찍부터 기다려 왔다.

이제 때가 되었다고 생각하자 바라모스는 몹시 흥분했다.

운명의 주술사가 탄생시킨 자신의 대적자.

그자의 몸뚱이를 자신의 것으로 해 카로얀이 자신의 상대가 아니었음을 이를 통해 바라모스는 증명하고 싶어 했다.

그는 이것이 완벽한 승리라고 믿고 있었다.

"경하드립니다."

[클라우드.]

"예."

[놈을 데려와라. 불멸의 내 영혼이 담길… 나의 그릇을!]

"조치는 취해두었습니다. 놈은 제 발로 찾아올 것입니다."

[역시 영악한 놈이구나. 좋아, 좋아! 크하하하하!]

번쩍!

수정에서 동공을 찌르는 강렬한 빛살이 뿜어지자 클라우드는 황급히 두 눈을 질끈 감았다.

그가 눈을 떴을 때 예의 그 신비로운 자수정은 지극히 평범한 모습으로 변했으며, 주변에 감돌던 적광 역시 말끔히 사라지고 없었다.

겁먹은 표정으로 자수정을 바라보던 클라우드의 눈빛은 언제 그랬냐는 듯 담담한 가운데 싸늘함을 담고 있었다.

꼭두각시와 같은 삶을 강요한 바라모스는 클라우드에게도 제거하고 싶은 대상이다.

아쉽게도 그의 힘은 너무 막강했고 자칫 잘못 건드려 놓으면 놈의 그릇이 자신이 될 수 있었기에 수치스럽지만 클라우드는 인내를 발휘할 수밖에 없었다.

바라모스가 카로얀의 안배를 기다렸듯 클라우드 역시 마찬가지였다.

영혼 상태의 저 바라모스를 완전히 제거하는 방법은 그 카로얀의 안배뿐이기에.

그런 점에서 딕스는 클라우드에게 있어 한줄기 구원의 빛이라 볼 수 있다.

'두 놈이 한꺼번에 사라지면… 후훗. 완벽하지.'

클라우드는 정적과 음산함이 가득한 그곳에서 미끄러지듯 밖으로 빠져나갔다.

기다림.

클라우드는 바라모스와 다른 마음의 기다림으로 누군가를 기다린다.

그 대상은 딕스.

                    *   *   *

그 시간, 딕스는 요하렌으로 향하는 선박에 몸을 싣고 있었다.

"닻을 올려라! 노를 저어라!"

으싸, 으싸!

노꾼들이 힘을 쓸 때마다 선박은 부두를 떠나 강의 중심을 향해 쭉쭉 미끄러지듯 움직였다.

그리고 그 중심에서 배는 돛을 활짝 펼쳐 순풍에 제 몸을 맡겼다.

물살을 가르며 움직이는 배가 마치 쏘아진 화살 같다.

딕스가 몸을 싣고 있는 이 배에는 많은 이들이 타고 있었다.

관광객?

아니다. 저들은 황금을 찾아 떠나는 광부들처럼 부푼 꿈에 젖어 있는 자들이다.

미개발지 요하렌.

호전적인 소수 부족들로 인해 제국의 땅임에도 쉽게 접근할 수 없는 그곳이 최근에야 정복되었다.

그 땅의 선점이 낳을 부를 거머쥐기 위해 너도 나도 요하렌으로 가고 있는 것이다.

그래서 승객 대부분이 거친 느낌이 물씬한 남자들뿐이다.

물론 여자 승객이 없는 것은 아니다.

하지만 이 거친 여정에 발을 디딘 여자들이 어찌 평범한 이들이겠는가.

좀 전에도 몇몇의 남자들이 한 여자에게 집적대다가 된통 얻어맞고 선실로 내려가는 사건이 있었다.

거친 황무지에는 결코 온실 속 화초가 살 수 없는 법.

겉으로 약해 보이는 자들이 오히려 진정한 강자다.

딕스는 이 모든 인간 군상들과 동떨어진 느낌을 풍기며 강변의 경치를 바라보고 있었다.

"이봐."

누군가 딕스를 불렀다.

투박함이 뚝뚝 묻어 나오는 말투다.

딕스는 고개를 돌려 자신을 부른 자를 본다.

남자가 아닌 여자.

좀 전 덩치 큰 용병 넷을 단숨에 제압한 바로 그 여자다.

"날 불렀나?"

"널 불렀다고 느꼈으니까 네가 고개를 돌린 거 아니냐."

여자는 친절함과는 오래전에 작별한 것처럼 표정과 말투가 몹시 거칠었다.

여자다운 야들야들한 맛이 없는, 질긴 늙은 말고기 같은 느낌의 여자다.

나이는 20대 초중반.

나름 반반한 얼굴과 육감적인 몸매는 저 행동과 말투만 뜯어고친다면 대부분의 남자들이 그녀를 위해 사랑의 시를 지어 바치고, 보석과 명품을 아낌없이 선물하며 사귀어보길 원할 것이다.

이러한 외적인 조건을 가졌음에도 여자는 거친 용병처럼 행동했다.

그렇다고 그녀의 태도가 가식적이거나, 혹은 어울리지 않는 건 아니다.

"그렇군. 내게 용건은?"

자신에게 닥친 문제점의 해결책을 찾는 데만도 하루가 짧게 느껴지는 딕스다.

이러다 보니 누군가와 엮이는 걸 그는 진심으로 원치 않았다.

여자를 대하는 딕스의 태도는 퉁명했다.

아니, 귀찮은 기색을 피워 올렸다.

보통의 여자들이라면 쌀쌀맞은 남자의 태도에 화를 내고 가버렸을 테지만 이 여자는 그러지 않았다.

오히려 딕스의 지금 태도를 마음에 들어 하는 듯했다.

"모험가냐?"

지기 싫어하는 10대 청년의 전형적인 말투.

딕스는 자신에게 관심을 보이는 여자를 빤히 응시하며 내심 한숨을 내쉰다.

'아, 잘나도 문제군.'

혼자 있고 싶다.

하지만 세상은 잘난 놈을 좀처럼 내버려 두지 않는다.

야생마 같은 느낌의 여자였지만 꼴에 여자라고 남자 보는 눈은 있는가 보다.

거울에 비친 자신의 모습은 정말 봐줄 만했다.

그러니 여자들은 오죽할까.

"뭐, 비슷하다고 말할 수 있지."

이 선박에 탄 승객의 팔구십 퍼센트가 제 몸 하나는 충분히 건사할 실력을 갖춘 모험가, 혹은 용병이다.

클라우드가 요하렌을 평정했다곤 해도 그 지역에 두루 분

포한 모든 소수 부족을 다 멸살한 것은 아니다.

그곳은 사람도 무섭고, 몬스터도 무서운 그런 위험한 지역이다.

"일행이 없는 것 같은데?"

"그건 댁도 마찬가지 아닌가?"

"지금은 그렇지."

"……?"

"내 일행은 지금 요하렌이 있다."

"흠, 그런 개인적인 일을 왜 내게 말하지?"

여자가 딕스를 아래위로 훑어본다.

그녀의 시선에 딕스는 기분이 언짢았다.

여자의 시선을 받고 기분이 언짢아보긴 오랜만인 듯했다.

재능자가 막 되었을 때였다.

자신이 재능자인 것을 알고 다가오려던 소녀, 릴리.

재수 없는 년이다.

지금은 뭐 하고 지내려나? 지와 비슷한 놈 만나서 고생 옴 팡지게 했으면 좋겠다.

딕스는 여자를 쫓아버리기 위해서 강도 높게…

"남자가 필요하면 저기 많아. 뒹굴 남자가 필요하면 번지수를 잘못 찾았다."

"날 발정 난 암캐로 보는 건가? 기분 나쁜데."

"스스로를 그리 생각한다면야."

이쯤 되면 보통 화를 내고 가버려야 정상이다.

그런데 오히려 흥미를 드러냈다.

역시 잘난 남자는 피곤하다.

"면도날 같은 성격이군. 좋아, 그 점이 마음에 든다. 요하렌에 도착할 때까지 나와 계약하지 않겠어?"

신전이 싫으면 사제가 떠나라는 말이 있듯 딕스는 여자가 자신의 퉁명한 태도에도 아랑곳하지 않자 이 자리를 떠나려 했다.

안 그래도 복잡한 머릿속은 다른 무언가를 집어넣기에는 용량 초과였다.

딕스는 여자의 제안을 무시했다.

그렇게 제 선실로 걸어가려는 딕스를 여자가 다시 부른다.

"딕스. 네 이름이지?"

우뚝.

여자의 말에 딕스는 발걸음을 더는 전진시킬 수가 없었다.

지천에 널린 흔한 이름이다.

흔한 이름이긴 한데…

"넌 누구냐?"

*　　　*　　　*

야니스 공작 가문에 비밀 정보 조직이 있음은 딕스도 파악하고 있었다.

사실 한다 하는 집안치고 자체적으로 이런 조직 하나씩 안 거느린 집안은 없다고 봐야 한다.

그러니 특이한 일은 아니다.

능력과 덩치가 국가기관급 조직이라서 그렇지.

딕스 역시 사부 파울에게 음지의 그림자단을 물려받았기에 야니스 가문에 뒤처지지 않는 조직을 거느리고 있었다.

다만 그림자단의 활동 영역이 북부 왕국에 국한되다 보니 대륙 중부나 그 외 지역에 대한 정보 수집이 느린 편이다.

'대단하다고 해야겠군.'

제국 내륙으로 깊숙이 들어온 딕스의 이동 방식은 사람들의 눈에 띄지 않는 방법이었다.

액체화 상태의 고공비행이기에!

온전히 그 상태로 이동하지는 못했다.

자신의 내부에서 발생한 기이한 느낌 때문에 중간에 포기했으니까.

하나 그 기간이라고 해봐야 불과 5일 남짓이다.

한데 그사이 자신의 위치가 들통 나버렸다.

딕스는 클라우드의 사냥개를 묵직한 시선으로 바라본다.

"그리 노려볼 필요 없어요. 내가 당신을 어쩌지는 않을 테니까요."

"그건 네가 걱정해야 할 부분이겠지."

"여자를 거칠게 다루시는군요. 호호."

어지간한 남자 서넛은 순식간에 제압해 버리는 여자의 말치곤 적절하지 않다.

어차피 눈앞의 여자는 누군가의 도구에 지나지 않는다.

연극으로 치면 비중이 거의 없는 엑스트라다.

"그래, 날 기다린 목적이 뭐지?"

사실 딕스는 뭔가에 놀아나는 듯한 기분을 느끼고 있었다.

하나 이것이 설사 함정일지라도 상관없다고 생각했다.

함정 자체를 부숴 버리면 그만이다.

그럴 힘도 있으니까.

"그분은 당신과의 동업을 원해요. 아니, 정확하게는 공생이라고 봐야겠지요."

"추구하는 바가 같다면 못 할 건 없지."

"추구라… 좋은 말이군요."

"하나 의외군. 이런 중요한 말을 본인이 아니라 그 수하를 통해서 하다니 말이야. 무슨 문제라도 있는 건가? 네 주인에게."

여자의 입가에 지어진 미소가 짙어진다.

"그럴 리가요."

"상관은 없겠지. 좋아, 클라우드의 제안이 내 마음에 든다면… 긍정적으로 검토해 보지."

"당신이 찾고자 하는 자의 위치. 그분이 백작님께 드리는 거래의 선물이에요."

꿈틀.

딕스의 내심이 순간적으로 거세게 요동친다.

에세누아는 떠나며 클라우드를 주시하라고 했다.

그래서 그는 클라우드의 장기 외유에 주목해 천만 골드란 어마어마한 거액을 들여 그 행방을 추적했다.

하나 이랬던 그의 내심엔 '에세누아가 틀릴 수도 있지 않을까?' 라는 생각도 들어 있었다.

'에세누아의 말이 맞아떨어진 건가?

그렇다면 클라우드가 바라모스의 그릇일 수도 있지 않은가.

함정일지도 모른다는 생각이 뇌리를 스친다.

함정이라… 함정이라… 딕스는 이 말을 입속에서 한참 동안 굴렸다.

그렇게 묵묵한 표정으로 서 있던 딕스는 결정을 내렸다.

자신의 힘과 운을 믿어보기로.

"그곳까지 안내를 부탁하도록 하지."

심장이 뛴다.

내일도 이와 같이 심장이 뛸 수 있을까?

두근두근.

'살아남을 것이다. 내가 여기까지 어떻게 왔는데. 반드시!'

우르르릉.

쾅쾅!

번쩍, 쏴아아악.

"선실로 내려가시죠."

여자가 말한다.

"됐어."

"감기 드실 텐데요."

"넌 내가 누군지 모르는가?"

"아! 그렇군요. 그럼 전 내려가 있겠습니다. 연약한 여자라서요."

번쩍.

휘이이이이잉.

*   *   *

요하렌 제일의 부두에 도착한 딕스와 레이첼은 강변 도시에서 하루를 묵은 뒤 다음 날 '침묵하는 자의 숲'으로 가기로 했다.

이들의 목적지는 제국 동부에 위치한 페슈아 대숲만큼이나 큰 규모의 숲이었다.

하나 이곳과 페슈아가 다른 점이 있다면 몬스터의 유무다.

오래전부터 요하렌 지역, 특히 침묵하는 자의 숲은 호전적인 소수 부족들이 일찍부터 터를 잡고 살아온 땅이다.

인간과 몬스터.

수천 년을 내려온 그들의 치열한 싸움에서 놀랍게도 인간이 승리해 몬스터를 숲 안쪽으로 몰아냈다.

하나 그들의 영광스러운 승리도 같은 인간에 의해서 무너졌다.

시내 곳곳에 노예 경매가 시장의 좌판처럼 펼쳐져 있었다.

소수 부족 출신 노예들을 사기 위해 전국 각지에서 몰려든 사람들로 장터는 인산인해를 이루었다.

와글와글.

쇠창살 안, 전쟁에 패한 부족의 여자와 아이들이 겁먹은 짐승처럼 웅크린 채 떨고 있다.

녹슨 창살문을 열고 들어간 남자들에게 여자들이 끌려나오자 아이들이 일제히 울음을 터뜨린다.

개중 용기를 낸 아이들이 남자들을 공격하기도 했지만 이들에게 돌아오는 것은 가혹한 폭력이다.

개방된 장소였기에 이런 모습이 적나라하게 노출되었다.

그럼에도 아무도 이들을 동정하지 않았다.

사람들의 무관심과 냉소는 그들을 마치 벌레처럼 여기는 듯했다.

동족에 잔인할 수 있는 집단. 역시 인간뿐인가 싶다.

노예 경매 시장 거리를 가로지른 딕스는 잡화 상점에 들렀다.

가는 곳이 숲이다 보니 그에 따른 물품들의 구비가 필요해서다.

일찍이 이런 일엔 도가 텄기에 꼭 필요한 것만 구입한 그는 곧장 여관으로 발길을 돌렸다.

이번엔 길을 돌아서 갔다.

여자와 아이들이 우리에 갇혀 있는 그 모습이 마음에 썩 들지 않았기 때문이다.

"살려주세요. 제발 살려주세요!"

인간성의 시궁창. 그 끝을 보여주는 거리를 피했던 딕스는 또 다른 시궁창과 조우했다.

노예를 구매한 자가 행인이 많은 대로에서 여자 노예를 홀딱 벗겨 음란한 짓을 하고 있었다.

변태 새끼.

여자는 이제 십칠팔 세쯤 되어 보이는 눈이 큰 소녀로, 수치와 괴로움에 몸을 벌벌 떨었다.

여자 행인들은 남자의 추태를 보며 끔찍하다는 듯 고개를 돌려 걸음을 재촉했고, 남자들은 흥미로운 표정으로 멈춰 서서 이를 구경했다.

누구 하나 이 남자를 만류하지 않았다.

오히려 킬킬거리며 이 남자를 부추기는 파렴치한 태도까지 보였다.

딕스는 순간 화가 치밀었다.

제 일이 아니기에 어지간하면 간섭 따위 하지 않으려 했다.

한데 놈들의 작태는 그 정도를 지나치게 넘어서고 있었다.

이놈이든 저놈이든 다 쓰레기로 보이는 딕스다.

딕스는 골목 안으로 들어갔다.

그러곤 숲에서 쓸 요량으로 사두었던 큰 후드 로브를 꺼내어 걸쳤다.

마인 노도 현신!

제국의 수도를 쑥대밭으로 만든 그 악명이 이곳 요하렌 제일 강변 도시에서 떨쳐지려 하고 있다.

'이건 절대 분풀이가 아니야!'

펄럭.

자신의 성기를 여자 노예의 음부에 비비며 지독한 술 냄새를 풍기는 남자.

하긴 아무리 악당이라도 제정신으로 백주 대낮에 제 성기를 내보이는 짓은 하지 않을 것이다.

그런 놈이 있다면 그건 미친놈이다.

"이 쌍년아, 콧소리를 내며 매달려야지 누가 비명을 지르래! 앙!"

성년도 안 된 어린 소녀를 괴롭히는 남자는 그녀에게 달콤한 신음을 요구했다.

하나 이 상황에서 어찌 그런 신음이 나올 것이며, 경험 한 번 없는 처녀의 몸으로 그게 가당키나 하겠는가.

억지를 부리는 사나운 주인 앞에서 소녀는 그저 살려달라 애걸복걸할 수밖에 없었다.

"감질 나게 비비지 말고 하려면 빨리 해!"

"빨리 해봐. 킬킬킬."

"오늘 눈이 호강하는데. 우헤헤헤헤."

사람들의 관심과 호응에 남자는 기분이 좋아졌는지 주변을 스윽 둘러본다.

'이제부터 너희 모두가 깜짝 놀랄 멋진 쇼를 보여주겠다!' 라는 표정으로 말이다.

그때 취한 이 남자의 눈에 큰 후드의 로브 사내가 들어온다.

끔뻑끔뻑.

취기가 올라 흐릿한 눈을 깜빡이는 이 남자.

사람들은 그가 석상처럼 한곳만 뚫어져라 응시하며 고개를 갸웃거리자 그제야 의아한 표정으로 그가 바라보는 곳으로 고개를 돌린다.

"뭐지, 저 복장?"

"노도 흉내를 내나 보지. 요즘 애들이란. 쯧쯧."

이들은 꿈에도 생각하지 못했다.

자신들이 보고 있는 자가 오리지널 노도임을, 그것도 짜증이 머리 꼭대기까지 치밀었다는 것을.

추태를 보이던 남자를 향해 딕스가 팔을 겨냥했다.

그 순간 물 덩이가 남자의 머리를 감싸며 그의 속으로 파고들었다.

"헉!"

"으헉!"

갑자기 나타난 물 덩이가 남자를 익사시키는 모습에 다들 깜짝 놀랐다.

물 덩이는 남자의 입과 코와 눈과 귓속으로 송곳처럼 쑤시고 들어갔다.

그럼에도 물 덩이의 양은 전혀 줄어들지 않다.

남자의 배가 산모의 배처럼 부풀어 오르기 시작한다.

그 끔찍한 모습에 사람들은 단 하나의 이름을 떠올렸다.

노도다!

사색이 된 행인들이 비명을 지르며 사방으로 내달린다.

"노도가 나타났다!"

"노도다!"

주변은 난리도 아니었다.

살아보겠다고 악을 쓰고, 내달리고, 숨고.

뻐엉!

노예 소녀를 괴롭히던 예의 그 남자의 배가 터졌다.

가죽 부대 터지는 그 소리를 시작으로 딕스는 도시를 휩쓸기 시작했다.

"난 노예제도가 싫다! 이 개자식들아!"

건물과 사람을 처리해 나가며 딕스가 한 자 한 자 곱씹으며 낸 소리였다.

그날 노도로 인해 도시 하나가 반파됐다.

그리고 노예제도에 대한 사람들의 인식이 바뀌는 계기가
되었다.

노도는 노예제도를 싫어한대!

이것이 시사하는 바는 매우 컸다.
노예를 거래하면 노도의 노여움을 사게 된다.
도시 하나를 반파시키고 자신의 철학을 전파(?)한 딕스.
제국은 그로 인해 노예제도에 대해 다시 생각하게 된다.
세상은 원래 강한 자의 법을 좇게 되어 있다.

제11장

망할 그릇, 그릇!

  딕스의 연인인 레이첼과 동명이인, 그 여자가 딕스를 바라
보는 눈은 두려움에 젖어 하얗게 질려 있었다.

  요하렌 지역 제일의 도시를 혼자의 힘으로 반파시켜 버렸다.

  그것도 불과 두 시간 남짓 만에 벌어졌다.

  도시의 치안대와 이곳을 찾은 외지의 능력 있는 자들이 모
두 그에게 맞섰다.

  물론 초반에 그랬다.

  하나 그가 진짜 노도인 것을 그의 한 수를 통해 깨닫자 겁
먹은 양 떼처럼 모조리 흩어져 버렸다.

  하긴 그의 가공할 능력을 보고서도 덤벼드는 것 자체가 기

름 단지를 들고 불 속으로 뛰어드는 꼴이다.

그렇게 홀로 도시를 반파한 뒤…

"요하렌 지역 소수 부족민들에게 당신은 영웅이 되었군요."

"길이나 가라."

딕스는 요하렌의 노예들을 모조리 풀어주었다.

모두가 그를 칭송하며 감사의 눈물을 흘렸음은 두말할 필요도 없다.

반대로 이들을 잡아들인 노예 사냥꾼과 업자들은 혹독한 벌을 받아 평생 앉은뱅이 신세를 면치 못하게 되었다.

딕스는 왜 이들을 죽이지 않았을까?

이유는 간단하다.

삶이 때론 죽음보다 더 고통스러울 때가 있음을 알게 하기 위함이다.

"칫, 알았어요. 숙녀의 말을 그리 매정하게 끊다니 남자로서의 매력은 빵점이군요."

한 며칠 예쁘게 봐줬더니 여자가 기어오른다.

"혓바닥을 잘라 버리는 수가 있다. 내가 필요한 것은 너의 길 안내지 그 혓바닥이 아니다, 여자."

딕스의 음성에는 서리가 깔려 있다.

그리고 실제 제 말을 현실화시킬 그런 마음도 그에겐 있다.

이를 느꼈음일까? 그에게 이런저런 말을 붙여보던 여자도 포기한 듯 한숨을 푹 내쉬며 앞장선다.

한참을 그렇게 이동하던 여자가 걸음을 멈추며 전방을 가리킨다.

"요하렌에서 풀려난 원주민들인가 보네요."

여자가 여러 무리의 사람들을 가리킨다.

침묵하는 자의 숲으로 사람들이 속속 들어간다.

숲에서 태어나고 자랐으니 그곳의 환경에 적응한 이들에겐 숲이야말로 아기의 요람 같은 곳이다.

적어도 그곳에서는 자신의 자유를 구속할 자들로부터 안전할 수 있다.

무리의 몇몇 남자들이 딕스와 여자를 보았다.

제국인에 대한 이들의 증오는 하늘마저 뚫어버릴 지경이다.

스윽.

살심을 풀풀 날리며 남자들이 딕스와 여자를 향해 곧장 걸어온다.

주변에 이들 말고는 아무도 없음을 알았기 때문이다.

"당신이 구한 자들이 당신에게 칼끝을 겨누는군요. 아이러니네요."

여자가 빈정거렸다.

딕스는 여자를 한차례 쏘아본다.

자신의 여자인 레이첼과 동명이인의 여자. 그래서 이름으로 부르기 싫은 여자다.

딕스는 여자의 빈정거림을 무시하기로 했다.

"제국 놈들, 꼼짝 마라!"

누더기 같은 상의를 입은 남자가 남녀에게 소리쳤다.

밖으로 드러난 남자의 피부는 채찍 자국과 흉터와 멍으로 가득했다.

상처는 이 남자뿐만이 아니다.

다른 자들 역시 남자와 비슷한 상처를 제 몸에 갖고 있었다.

이들의 뒤로 여자와 아이들이 적개심을 활활 태우며 버티고 있다.

거친 환경에서 자라난 자들답게 여자나 아이도 결코 무시할 수 없다.

적어도 이들이 발산하는 기세만큼은 맹수의 그것과 같다.

"이 씹어 먹어도 시원치 않을 놈들이 감히 어머니의 숲에 발을 디디려 하다니!"

"뼈와 살을 발라 숲의 청소부들에게 던집시다."

남자들이 딕스와 여자의 미래를 결정짓는다.

물론 그네들의 결정이고.

여자가 딕스의 뒤로 슬쩍 빠진다.

"당신이 한 일이에요. 그러니 안내자인 제가 나설 일이 아니라고 봐요."

여자가 딕스를 향해 말하며 싱긋 웃는다.

남자들은 여자보단 남자인 딕스에게 더 큰 원한이 있어 보인다.

딕스는 몹시 귀찮은 표정으로 내려뜨렸던 팔을 흉부 높이로 들었다.

이를 공격으로 오해한 남자들이 각자의 조악한 무기로 그를 공격하려 했다.

그러나 그들 중 단 한 명도 딕스를 공격하지 못했다.

딕스의 손끝에 어린 물 덩이를 봤기 때문이다.

어디서나 쉽게 볼 수 있는 게 물이다.

하지만 지금 자신들의 눈앞에 있는 물 덩이는 흔한 것이 아니었다.

노도의 상징.

"헉!"

"다, 당신은……."

"은인이십니까?"

딕스를 향해 쇄도하던 증오와 살심은 이 순간 눈 녹듯 사라진다.

어찌 안 그러겠는가.

절망뿐이던 이들에게 희망을 준 이가 바로 그인 것을.

제국은 그를 마인 노도라 부르며 두려워한다.

하지만 적어도 요하렌의 원주민들에게 그는 구원자이자 영웅이다.

털썩.

모두가 딕스를 향해 무릎을 꿇고 절을 했다.

자존심이 강해 결코 굴복을 모르는 요하렌의 원주민들이다.

이런 그들에게 이러한 예를 받은 이는 이방인으로선 딕스가 처음이리라.

몸과 마음을 다한 원주민들의 인사가 딕스를 향해 물밀 듯 밀려온다.

이들의 진심에 대한 딕스의 답례는…

"꺼져라."

싸늘했다.

마인 노도답게.

*　　　*　　　*

콰콰콰콰콰.

땅을 부술 듯 아래로 내리꽂히는 거대한 물줄기.

새하얀 물방울이 사방을 안개처럼 뒤덮고 있다.

세상의 모든 천둥이 여기서 만들어지는 게 아닐까 싶을 만큼 그 소리도 웅후하다.

물의 기운이 충만하다.

운명의 사원이라 불리는 건축물은 놀랍게도 이 폭포수 뒤에 위치하고 있었다.

대체 누가 있어 이런 생각을 했을까?

"저기로 가야 해요."

여자의 표정에 긴장감이 어린다.

딕스는 여자를 힐끗 본 뒤 주저 없이 좁고 미끄러운 길을 향해 걸어 나간다.

그가 한 발자국 앞으로 내딛자 그의 정면에 깔려 있던 짙은 물방울은 왕을 영접하는 충성스러운 백성들처럼 길을 터주었다.

그리고 폭포가 만든 무수한 무지개가 꽃비처럼 그를 감싸며 신비로운 모습을 연출했다.

여자는 그 모습에 경이로움을 느꼈다.

'저건 자연적인 현상이 아니야!'

그리고 이들을 쫓아온 많은 수의 원주민들 역시 그녀와 심정이 다르지 않았다.

운명의 사원.

이곳은 침묵하는 자의 숲에서 살아가는 원주민들에겐 신앙과도 같은 곳이다.

그 신앙의 중심지에서 영웅—딕스—이 환대받고 있었다.

두근두근.

원주민들의 심장이 이 순간 격렬하게 뛰기 시작한다.

털썩털썩.

누가 시키지도 않았음에도 원주민들이 무릎을 꿇더니 알 수 없는 주문을 외우기 시작했다.

그것은 신을 향한 영혼의 기도 같았다.

그 기도가 힘을 발휘함일까?

거대한 폭포 뒤에 숨어 있던 운명의 사원에서 황금빛이 폭발하듯 일어나 딕스를 휘감았다.

마치 오랫동안 그를 기다리고 있었다는 듯 몹시 반갑게.

딕스를 이곳까지 안내한 여자의 눈이 커진다.

이건 이 여자도 상상하지 못한 일이다.

'여, 역시… 클라우드 님의 말씀이 맞았구나. 그가 그의 대적자였어! 운명의……'

사원은 오직 딕스만을 받아들인다.

여자는… 무형의 힘에 의해 폭포 아래로 처박혔다.

"어푸푸푸~ 이게 대체!"

*　　　*　　　*

사실 딕스가 찾은 운명의 사원은 그 누구도 반기지 않던 곳으로, 이 땅에 사는 원주민들 역시 마찬가지였다.

오래전 이곳을 찾아낸 클라우드 역시 갖은 노력을 다했음에도 끝내 거부당했다.

그렇게 수천 년을 폭포 뒤에 숨어 그 존재를 감추며 외부인을 철저히 배척했던 사원.

그 사원이 처음으로 굳건한 문을 활짝 열고서 손님을 맞이했다.

아니, 오랫동안 기다려 온 주인을 맞았다.

사원의 내부는 암반을 깎아 만든 구조로 무척이나 투박했다.

반들반들한 그 내부는 세 개의 큰 방과 연결된 'Y' 모양의 길이 있었다.

방 하나하나를 살피며 들어간 딕스는 앞서 두 개의 방에선 아무것도 찾을 수 없었다.

그렇게 세 번째 방 앞에 도착한 딕스는 이전의 방과 달리 석벽으로 된 문을 보게 되었다.

손잡이도 없는 이 문은 미닫이인지, 여닫이인지 알아보기 힘든 모습을 하고 있었다.

어찌 보면 벽과도 같은 문.

하지만 사원의 구조를 봤을 때 이곳엔 틀림없이 방이 있어야 한다.

한참 동안 딕스는 문을 살폈다.

그때 오랫동안 쌓인 먼지로 인해 매몰된 홈을 찾을 수 있었다.

'손바닥 모양의 홈이네?'

문의 좌측 하단의 홈은 예닐곱 살 된 어린아이가 앞으로 팔을 쭉 뻗으면 닿을 수 있는 높이에 위치해 있다.

이 사원을 만든 자들이 전설의 소인족이라도 되는 게 아닐까 하는 추측이 절로 들었다.

딕스는 몸을 낮춰 손바닥 모양의 홈을 살폈다.

그러곤 제 손과 홈을 비교했다.

"크기가 다른데."

느낌에 이 홈이 문을 여는 결정적인 역할을 해줄 것 같았다.

하지만 제 손과 홈을 비교하니 이건 맞지 않는 열쇠였다.

그래도 모르는 일.

딕스는 홈에 제 손을 대어보았다.

딕스의 손이 손바닥 모양의 홈을 완전히 덮어버렸다.

이래서야 문이 열릴까 하는 생각이 절로 들었다.

곧 그는 다른 방법을 모색하기로 결정하고는 손을 떼려 했다.

한데 어찌 된 일인지 손바닥이 갑자기 서늘해지면서 장심에서 무언가가 밖으로 배출되는 느낌을 받았다.

반사적으로 손을 떼려 했지만 손은 꿈쩍도 하지 않았다.

그렇게 당황하는 사이 문 전체가 신비로운 푸른빛을 발산하더니 신기루처럼 눈앞에서 감쪽같이 사라져 버렸다.

끔뻑끔뻑.

당황해 두 눈만 여러 차례 깜빡이던 딕스는 제 손을 살펴보았다.

"이상은 없는데. 좀 전의 그건 무엇 때문이었지?"

꺼림칙한 표정으로 일어선 딕스는 밖에서 방 안쪽을 살펴보았다.

앞서의 경험이 다른 두 방처럼 선뜻 안으로 들어서지 못하게 했다.

문턱 바깥쪽에서 살펴본 내부는 앞서 그가 본 방과 구조가
비슷했다.

하나 다른 점이 있다면 방 중앙의 삼각형 모양의 거치대와
그 위쪽에 붉은색 수정구 하나가 달랑 놓여 있다는 것뿐이다.

딕스는 문턱을 넘어섰다.

잔뜩 긴장해 만일의 사태를 대비했지만 별다른 일은 발생
하지 않았다.

잠시 사방을 경계하던 딕스는 곧 방 중앙의 삼각 거치대로
걸어갔다.

매의 눈이 된 딕스는 붉은색 수정구를 찬찬히 살폈다.

특이할 만한 것은 없었다.

특이한 구석은 오히려 손 모양의 그 홈이 있던 문이 더 특
이했다.

그러나 아직 모를 일.

'만져 볼까?

앞서의 경험 때문에 딕스는 수정구를 만지는 일에 주저했다.

그래도 별탈이 없었던 경험이 있어 곧 용기를 냈다.

수정구는 지름 20센티미터로, 한 손으로 다 덮을 수 없었다.

그 표면도 매끄러워 보여 한 손으로 들려 했다간 반드시 떨
어뜨리게 될 것이다.

그래서 든다는 생각보단 만져 본다는 개념으로 딕스는 손

을 댔다.

한데!

딕스의 의식이 붉은색 수정구 안으로 빨려들어 갔다.

그곳은 온갖 빛 덩이로 가득했다.

그 빛들은 마치 살아 있는 것처럼 제 감정을 드러내며 땅과 하늘의 경계가 없는 세상을 가득 채우고 있었다.

[고귀한 자여!]

사방에서 울리듯 하나의 목소리가 마치 거대한 파도처럼 몰려온다.

주변을 구경하느라 정신이 없던 딕스는 그 목소리에 깜짝 놀라 이리저리 시선을 던졌다.

목소리의 주인공은 그의 시선이 닿지 않는 곳에 존재하고 있는지 전혀 찾아낼 수 없었다.

물의 척후를 풀어도 마찬가지였다.

아니, 이곳에선 물의 힘을 전혀 사용할 수 없었다.

무방비!

이 단어가 딕스를 경직되게 한다.

"누구냐?"

[나는 운명의 주술사, 카로얀. 오랫동안 당신을 기다리고 있었습니다, 생명의 오메가여!]

"카로얀? 당신이?!"

딕스는 깜짝 놀랐다.

설마 하니 수천 년 전에 사라진 주술의 전성시대를 이끌었던 당시 최고 주술사와 만나게 될지는 상상도 못 했기 때문이다.

"내 이름은 딕스다. 카로얀이여! 당신에게 묻고 싶은 게 있다!"

[생명의 오메가여, 고귀한 물의 정령이여, 그대와 나의 만남은 곧 그날이 다가왔음일 터.]

카로얀은 딕스의 말을 아예 귀담아듣지도 않는 듯했다.

제삼자.

딕스는 이 자리에 있는 자신이 꼭 그러한 위치라는 생각이 들었다.

투명인간 취급이다.

그렇다면 카로얀은 지금 누구와 대화를 한단 말인가.

딕스의 의문은 미궁에 떨어져 헤매고 있었다.

하지만 그는 몹시 영특한 청년이다.

카로얀이 언급한 오메가. 그 오메가를 딕스는 자신의 내부에 있는 물의 오메가가 아닐까라고 추측했다.

마법사로 밥 먹은 지 몇 해던가.

이제 그는 알고 있다.

자신과 합일한 물의 오메가 핵에 대해서.

[가장 아름답고 고귀한 요정족의 신물… 뭐라? 그게 무슨 말인가? 고귀한 물의 정령이여, 어찌!]

카로얀의 음성에 선명한 당혹감이 담겨 한참을 윙윙거렸다.

딕스는 의문이 크게 들었다.

하지만 자신이 나설 자리가 아니라는 생각에 입은 닫고, 귀만 활짝 열어두었다.

한참 동안 카로얀의 음성은 들려오지 않았다.

그렇게 얼마가 지났을까.

기다렸던 그의 음성이 온갖 빛 덩이로 가득한 공간을 가득 채우며 흘러나왔다.

[그대의 뜻이 정 그렇다면… 인간이여.]

소외받던 이웃에서 조명 받는 주연으로 급부상한 딕스.

"나에게 말한 겁니까?"

[그렇다, 인간이여. 그대는 아주 훌륭한 친구를 두었구나. 그대, 고귀한 물의 정령으로부터 사랑받는 자여. 그대에게 선택권을 주겠다. 너에겐 두 가지의 길이 있다. 하나는 인간으로서의 삶과 다른 하나는 정령으로서의 삶이다. 바라모스와의 전쟁에 앞서 너는 반드시 이 두 가지의 길 중 하나를 선택해야 한다.]

"그것이 무슨 말입니까? 인간과 정령의 삶이라니?"

당혹한 딕스의 목소리에 카로얀은 담담한 어조로 설명했다.

바라모스와의 전투에서 필승하고자 하면 딕스 본인이 인

간이 아닌 정령의 삶을 택해야 하는 것이고, 운이 따라줘야 할 아슬아슬한 전투는 그가 인간의 삶을 선택함에 따른 결과인 것이다.

이것이 카로얀이 딕스에게 설명한 요지였다.

한마디로 압도적인 승리를 위해서는 딕스 본인이 인간이기를 포기해야 한다는 뜻이다.

[선택은 그대에게 달렸다.]

"내가 인간의 삶을 선택하면 어찌 됩니까? 바라모스가 이긴다면?"

[바라모스가 바라는 세상은 영이 없는 세계. 사멸이 만연한 세상이다.]

지배가 아닌 파멸을 원한다!

바라모스의 뜻이 이것이라면 딕스의 승패가 세상의 운명을 좌우한다는 결론이 나온다.

딕스는 어처구니가 없었다.

이제 살 만하다 싶었는데.

바라모스와의 협상은 카로얀의 설명으로 불가능한 것임을 딕스는 알게 되었다.

그리고 자신의 선택이 세계의 지속에 중대한 영향을 미칠 것이라는 것도.

"왜 하필… 나인가?"

딕스가 혼잣말처럼 반문한다.

그러자 카로얀이 그 반문에 답을 내려주었다.

[그대의 혈통이 고귀한 오메가의 유일한 그릇이기 때문이다.]

그릇, 그릇, 망할 그릇!

용광로처럼 뜨거운 분노가 딕스의 내심에서 폭발한다.

자신은 인간인데 왜 다들 그릇 타령을 할까.

주체할 수 없는 화에 딕스는 몸을 떤다.

하지만 선택은 자신의 것이다.

인간으로 살 것인가, 정령으로 살 것인가.

인생 최대의 난제에 딕스는 봉착하고 말았다.

* * *

뼈가 깎여 나가는 고통과 참담한 심정을 겨우 억누르며 딕스는 치열하게 고민했다.

어릴 때부터 온갖 고생을 해왔던 그에게 세상은 이제야 살 만한 세상으로 다가왔다.

인생의 재미나고 행복한 면을 알게 되었지만 운명은 그의 행복을 용납하지 않았다.

사랑하는 여인들과 가족과 친구와 천문학적인 재산, 그리고 사회적 위치와 명예까지.

아직 어린 나이의 그는 인간이 가질 수 있는 최고의 것을 모두 갖고 있었다.

하나 그것이 일순간 물거품이 되어버렸다.

딕스는 바라모스를 자신의 기준에서 생각해 타협이란 전제를 깔아두었다.

한데 카로얀의 잔류 사념과의 대화를 통해 그는 자신의 생각이 완벽하게 틀렸음을 알게 되었다.

하루, 이틀… 일주일.

내내 사원에서 뜬눈으로 보낸 딕스는 드디어 앉은자리에서 몸을 일으켰다.

카로얀의 사념이 담겨 있던 신비로운 수정구는 이제 평범한 돌덩이로 변해 버렸다.

딕스는 슬펐다, 안타까웠다, 아팠다, 그리고 외로웠다.

자신의 운명을 수천 년 전에 제멋대로 재단한 카로얀에게 참기 힘든 분노가 걷잡을 수 없이 치밀었다.

딕스에겐 바라모스보다 카로얀이 더 극악무도한 악당이었다.

한때는 '세상이 망하든, 박살 나든, 그게 자신과 무슨 상관인가!' 라는 삐뚤어진 마음을 먹기도 했다.

자신의 행복을 위해 세상을 외면하고 싶었다.

오히려 억울하고 분한 마음에 바라모스가 흥하게 하고 싶었다.

카로얀을 제대로 물 먹이고 싶었다.

하지만 그 생각이 모두를 깊은 불행에 빠뜨린다는 것을 알기 때문에 딕스는 자신의 마음을 뒤흔드는 격랑을 죽을힘을 다해서 잠재웠다.

그러곤 애써 긍정적인 생각을 하려고 노력했다.

효율적!

딕스가 좋아하는 그 단어처럼 그는 자신을 그렇게 내주기로 제 살을 씹으며 결정 내렸다.

엘리자베스, 레이첼, 시모나를 더는 품에 안을 수 없고 만질 수 없으며 볼 수도 없다.

먹먹함에 눈시울이 붉어지고, 피를 토하듯 눈물이 터질 것 같았다.

우연이라도 한번 볼 수 있으면 좋겠다.

이 순간 그녀들과 제대로 된 작별을 하지 못한 게 원통하고, 분하고, 괴로웠다.

'이럴 줄 알았으면……'

사랑하는 이들이 있어 슬프다는 말이 왜 나온 것인지 딕스는 이제야 그 속뜻을 알 수 있었다.

이건 뼈가 시리는 아픔이다.

영원히 그 괴로움을 이 가슴에 담고 살아가야 한다니 이건 끔찍한 저주였다.

모두를 지켜줄 수 있다는 생각에 겨우 결정을 내렸지만…

'세월이… 세월이… 날 보듬어주었으면 좋겠구나.'

슬픔을 간직한 불멸자.

딕스는 그 길로 걸음을 내디딘다.

안녕, 내 사랑하는 사람들아.

딕스가 남긴 발자취에 깊게 새겨진 그의 마음이다.

제12장

서글픈 선택

DIX SAGA

콰콰콰콰콰쾅!

번개가 지상을 쉴 새 없이 폭격한다.

그러나 이는 파괴의 굉음이 아니라 만물을 보듬어 성장시킴이 넘쳐 나는 생명의 소리다.

거대한 물줄기를 뚫고 딕스는 사원을 뒤로한 채 걸어 나왔다.

어디서 모여들었는지 요하렌의 원주민들이 모두 몰려와 폭포 전체를 메우고 있었다. 그들은 사제들처럼 엄숙했으며 표정마다 간절함이 가득했다.

문명은 진실을 가리고, 원시는 진실과 공존한다.

요하렌의 원주민들은 사원의 수호자이며 인류의 지속을 위한 최후의 경비대라고 보면 된다.

이제 수천 년을 내려온 그들의 업이 사라지고 그들의 전설이 완성되어 자신들 앞에 현신했다.

감격하지 않을 수 없고 전율이 일어나지 않을 수 없다.

제국에 있어 딕스는 갈아 먹어도 시원찮을 끔찍한 악당이었지만 이곳 요하렌의 원주민들에게 지금의 딕스는 파멸로부터 세상을 구원할 신령한 전사였다.

모두가 경건한 표정으로 딕스를 향해 경배한다.

딕스는 이들을 안중에 두지 않았다.

그는 곧장 레이첼, 아니, 여자에게 걸어갔다.

"바라모스는 어디 있나?"

주변의 분위기는 레이첼마저 흥분에 빠뜨렸나 보다.

딕스를 바라보는 여자의 눈동자가 흔들린다.

겨우 정신을 수습한 여자가 약간은 떨리는 목소리로 대답했다.

"여기서 북동쪽으로 150킬로미터쯤 가면 바위산이 있어요. 그 중턱에……."

필요한 정보를 얻었으니 더 이상 들을 이야기도, 머물 이유도 사라졌다.

딕스는 후드로 얼굴을 가렸다.

그 짧은 순간 여자는 딕스의 눈빛을 볼 수 있었다.

슬픔과 우울함이 가득한 참으로 공허한 눈빛이었다.

여자는 딕스를 이해할 수 없었다.

사람들의 열화와 같은 흠모와 추앙이 쏟아진다.

흥분으로 가슴이 격동될 상황임에도 불구하고 남자는 오히려 설명할 길 없을 만큼 크게 슬퍼하고 있었다.

여자는 자신이 잘못 본 것이라 생각했다.

'잘못 봤겠지. 그럴 거야. 근데 내가 왜 마음이 이렇게 짠하지.'

저벅저벅.

딕스가 걸어가는 길.

원주민들이 숙연한 표정으로 길을 비켜주며 그를 향해 온 마음을 다해 경배한다.

인파를 가르며 딕스는 그렇게 숲 속으로 느릿느릿 그 모습을 감춘다.

이것이 인간이었던 그와 세상의 마지막이었다.

전설의 완성을 본 사람들은 흥분해 눈물을 흘렸고, 그들의 조상을 향해 기도를 올렸으며, 요하렌의 평화가 대대손손 이어지리라 믿었다.

그리고 이날의 딕스는 사람들의 입에서 입으로 전설처럼 세상에 퍼져 나갔다.

요하렌에서 신령한 전사가 탄생했다.

그의 이름은 노도!

요하렌의 영원한 왕이시다!

노도의 노 자만 들어도 질겁하는 제국에 노도의 소문은 큰 충격이 될 수밖에 없었다.

애써 정복한 요하렌이었지만 제국은 이 땅을 다시 외면할 수밖에 없었다.

노도와의 충돌보단 그 지역을 버리는 게 그들 입장에선 훨씬 큰 이득이었기 때문이다.

존재감 하나로 제국을 굴복시킨 딕스였다.

하지만 그의 마음은 한 걸음, 한 걸음 떨어질 때마다 더욱더 무거워질 뿐이다.

아니, 슬픔이다.

'왜… 하필이면… 나지?'

정의감 투철한 녀석들이 널리고 널렸다.

그런데 정의감이라곤 개뿔도 없는 자신에게 운명은 지나치게 영광스러운(?) 짐을 주었다.

당장에라도 도망가고 싶다.

진심으로 그러고 싶었지만 차마 그럴 수 없었다.

예지몽에서 보았다.

어머니와 누나를 지키지 못해 무력하게 쓰러지는 그 통한의 아픔을.

아마 이를 몰랐다면 딕스는 자신을 희생하려 들지 않았을 것이다.

꿈속이었지만 뼈가 깎여 나가는 듯 아팠고, 살이 찢기는 듯 참담한 슬픔을 맛보았기에 더더욱 그럴 수가 없었다.

예지몽.

한때 이것이 자신이 만난 최고의 축복이라 그는 생각했다.

한데 지금 와서 생각하니 자신의 선택을 강요한 수단에 지나지 않았다.

보고 싶다.

엘리자베스, 시모나, 레이첼, 부모님과 형제들, 누나.

그리고 크고 작은 인연을 맺은 그 모든 사람들이 간절하게 떠오른다.

시간이 허락한다면 모두를 만나 작별의 인사를 나누고 싶다.

하지만 지금 이 순간 그러한 외유가 그에겐 허락되지 않았다.

딕스의 내부를 꽉 채운 힘.

이것이 인간인 그를 점점 정령으로 만들고 있기 때문이다.

불멸… 참, 슬픈 것이다.

"으아아아아아아아아아아아아—!"

*   *   *

'온다!'

바라모스의 영혼이 담긴 수정이 흉흉한 적광을 뿌린다.

그의 타락한 영혼은 이 순간 흥분으로, 승리감으로 대취해 몹시 들떠 있다.

한쪽에서 클라우드가 이를 바라본다.

클라우드의 내심엔 초조감이 쉴 새 없이 파도친다.

자유인으로 살지, 아니면 비참한 노예로 살 것인지 이제 그 결과가 판가름 나는 시간이 다가왔기 때문이다.

"준비하겠습니다, 바라모스 님."

[영광의 순간은 나 홀로 맞이하겠다. 크하하하하!]

바라모스는 모든 것이 자신의 계획대로 되었다며 크게 기뻐했다.

녀석은 카로얀의 안배를 두려워하지 않는 것 같았다.

하긴 그럴 수밖에 없다. 지난 수천 년간 영혼 전이를 하지 않고 축적한 그 힘이 얼마인가.

대륙을 찰나에 양단해 버릴 거대한 힘을 갖고 패한다?

바라모스는 자신의 패배를 생각조차 하지 않았다.

지금의 바라모스는 카로얀이 전성기의 힘을 갖고 들이닥쳐도 죽일 수 있는 역량을 갖추고 있었다.

하나 이런 바라모스도 모르는 것이 있었으니 자신이 거할 그릇이 정령화되어 가고 있음이다.

타락한 영혼과 순수함의 상징인 정령.

두 존재는 결코 공존할 수 없다.

정령이 악의 그릇 따위가 될 리 없다.

바라모스가 딕스를 자신의 그릇으로 삼으려 했다간 도리어 딕스의 자양분이 되어버릴 것이다.

물의 그림자 마법사들이 이전에 그리했듯.

[오라! 어서 오너라! 나의 육신이여! 우하하하하하하!]

우쭐한 승리자의 웃음을 뒤로한 채 대전에서 빠져나온 클라우드.

약간은 불안한 기색으로 그는 그곳에서 자취를 감춘다.

＊　　　＊　　　＊

바람이 나무를 만지고, 그 줄기를 지나 풀을 만진다.

크고 작은 마찰음이 주변에 가득하다.

이 음에 화답이라도 하듯 온갖 곤충들이 노래한다.

모닥불 주변 반딧불이들이 빛의 향연을 펼친다.

타닥타닥.

나뭇가지 하나를 모닥불에 던지는 로브의 사내.

그는 딕스였다.

그는 빠르지도, 느리지도 않은 걸음으로 바라모스와의 결전 장소를 향해 천천히 나아가고 있었다.

세상과 작별이라도 나누듯.

숲은 인간들에게 매우 위험한 곳이다.

하지만 지금의 딕스에겐 그 모든 것들이 자발적으로 친절과 배려를 베풀었다.

탈인간의 경지.

자연의 관리자.

정령이 되어가는 딕스에게 자연의 일부인 숲은 더 이상 그의 적이 아니었다.

나무와 바람과 땅과 달과 별과 어둠이 그에게 속삭인다.

딕스는 그들의 음성을 점차 알아듣기 시작했다.

처음엔 이명 같았었다.

그러던 것이 시간이 흐르면서 점차 뚜렷해졌다.

자연의 위로가 조금씩 그의 공허를 채워주었고, 슬픔을 위로해 주었다.

"네가 오메가인가?"

그리고 딕스가 받아들인 물의 오메가와도 대화가 가능해졌다.

[딕스, 나의 유일한 친구. 넌 고귀한 일을 하는 거야. 네가 사랑하는 사람들이 많다는 것을 알아. 하지만 유한한 모든 것들이 다 그렇듯 그들도 언젠가는 너를 떠나거나 네가 그들을 떠나게 되어 있어. 자연의 엄정한 이치는 그 누구도 거부할 수 없어.]

"왜 나였지? 아니군. 내 혈통이 그렇다고 하니… 하지만 거부할 수 있었잖아. 처음에 넌 나를 알아보지 못했어."

[나는 그때 온전하지 못했지, 힘과 정신에서. 하지만 너에게 거하면서 난 나의 힘과 정신을 완벽하게 회복할 수 있었어. 이건 진심이야.]

이제 와서 녀석의 변명을 들어 봐야 무엇하겠는가.

지금의 그의 심정은 그 무엇으로도 채워지지 않는다.

"화가 난다."

[미안해.]

"나는 내가 사랑하는 사람들과 함께 밥 먹고, 자고, 그들과 사랑하며 그렇게 늙어가고 싶었다. 아이도 갖고, 여행도 하고, 때론 그들과 싸우기도 하겠지만 그렇게 살고 싶었다. 난 정말 많은 것을 바라지 않았어. 그냥 아무 탈 없이 평범하게 살기만을 바랐을 뿐이야. 이게 지나친 욕심인가?"

감정이 복받친 딕스의 음성은 습기로 가득하다.

그의 슬픔을 느꼈음일까? 오메가는 한참 동안 말을 하지 않았다.

오메가는 딕스를 보듬어 위로해 주고 싶은 마음을 먹었다.

숲에 떠도는 물의 기운을 불러 모은 오메가는 육체를 만들었다.

반투명한 물의 육신에 오메가가 깃든다.

딕스는 물의 육체를 가진 오메가를 보았다.

녀석이 저리하듯 자신도 저리할 수 있을 것이다.

하지만 저 모습이 결코 인간은 아니다.

이슬처럼 맑고 시냇물 소리처럼 상쾌한 음성이 물의 육체에서 흘러나온다.

[안아줘도 되니?]

"난 사내새끼한테 안기지 않아."

역시 딕스다운 대꾸다.

[난 여자도 아니고 남자도 아닌데. 그럼 괜찮지 않을까?]

"그게 더 싫다."

딕스는 고개를 틀어버렸다.

그가 외면하자 오메가는 몹시 슬퍼했다.

오메가에게 딕스는 유일한 친구였다.

그런 친구에게 외면 받고, 또 단 하나뿐인 친구가 몹시 슬퍼하자 오메가도 가슴이 아팠다.

[지금의 너와 다른 너에게 기회를 줄 수 있어. 네가 꿈에서 보았던 열아홉 살 너에게.]

"그게 무슨 뜻이지? 내가 인간으로 살아갈 수 있다는 건가?"

[딕스, 네가 예지몽이라 생각한 것은 다른 차원의 너였어. 엘프들이 사는 차원에 대해선 너도 알 거야. 이를 평행 차원이라고 해. 딕스, 네가 원한다면 너를 그곳으로 보내줄 수는 있어. 하지만 거기서도 넌 여전히 정령일 거야. 하지만 네가 사랑하는 사람들은 볼 수 있겠지, 다른 차원의 너를 통해서. 이것이 내가 너에게 해줄 수 있는 최선이야. 네가 원한다

면…….]

이러한 말을 해주는 오메가는 무척이나 슬퍼했다.

단 하나뿐인 친구와 영영 작별해야 하기 때문이다.

오메가는 자신의 말을 딕스가 거부해 주길 바라면서도 숨기지 않고 말해주었다.

그와 함께 시냇물이 되고, 강이 되고, 우물이 되고, 바다가되고, 비가 되었으면 하고 바랐지만.

딕스는 슬픔을 느꼈다.

하지만 오메가의 말처럼 그렇게라도…

'그렇게라도 보고 싶어.'

주르르.

딕스는 울었다.

엉엉 울었다.

가슴이 너무 아프고 자신의 막막한 처지가 한심스러웠다.

그래서 참을 수 없었다.

"부탁한다, 오메가."

[그것이… 너의 뜻이라면. 시작의 오메가여.]

딕스 르 시리우스.

이제 그의 존재는 사라지고 새로운 이름을 부여받았다.

시작의 오메가.

제13장

시작의 오메가

딕스의 앞에 클라우드가 나타났다.

딕스를 바라보는 클라우드의 두 눈엔 열망이 담겨 있었다.

자유!

그에게 딕스는 자유를 선물해 줄 고마운 존재였다.

하나 그 전에 확인할 게 있었다.

바라모스를 그가 진실로 이길 수 있는지에 대해서.

"승산은?"

"너, 참 불행하구나."

클라우드는 자신을 향한 딕스의 말에 의문을 드러냈다.

그는 그 의문을 채 풀기도 전에 딕스가 일으킨 물의 힘에

간혔다.

클라우드의 두 눈이 커지고, 얼굴은 일그러진다.

설마 하니 딕스가 자신을 공격하리라곤 꿈에도 생각하지 못했기 때문이다.

물 덩이에 갇힌 클라우드를 차갑게 노려보며 딕스가 말한다.

"널 살려두면 나의 소중한 사람들에게 필시 해가 될 것이다. 그래서 넌 죽어줘야겠다."

클라우드는 발버둥 쳤다.

하지만 그가 아무리 발버둥을 쳐도 딕스가 생성한 물의 덩어리 안에서는 빠져나올 수 없었다.

주술의 힘으로 태어난 마지막 잔가지.

딕스는 그 가지를 가차 없이 쳐 버렸다.

클라우드의 온몸은 물속에서 갈기갈기 찢겨 흩어졌다.

이제 세상은 주술을 허구의 힘으로 알게 될 것이다.

문헌과 구전, 미신으로만 기억할 것이다.

세상에는 다시 문장 마법사와 기사들이 최고의 무력 집단으로 남을 것이다.

딕스는 클라우드를 제거한 뒤 바라모스가 영혼 상태로 거하는 대전으로 걸어갔다.

저벅저벅.

승리? 패배?

그딴 감정은 지금의 딕스에게 남아 있지 않았다.

이 거대한 통로, 저 끝에 불멸의 존재로 살아갈 시발점이 있다.

바라모스를 제거하고 자신이 나고 자라고 사랑했고 사랑해 준 사람들의 세계를 영영 떠나야 한다.

이제 그들의 기억에서 자신은 추억이 될 것이다.

너무 슬퍼하지 말기를.

'아프구나.'

짓뭉개진 그의 심장이 그의 눈을 통해 흘러내린다.

뚝뚝.

이 눈물을 마지막으로 딕스는 바라모스가 거하는 대전으로 노도처럼 밀고 들어갔다.

그리고 그곳에서 강렬한 빛이 폭발했다.

츠파라라라라라!

세상은 그들이 모르는 가운데 한 사내의 희생으로 구원받았다. 그러나 아무도 이날을 기억하지 못했다.

그날, 세상은 7일 동안 내린 폭우로 짜증만 낼 뿐이었다.

*　　　*　　　*

대륙력 4250년 10월 9일, 뮬 공국.

페논 남작 영지에서 수석 기사로 근무하는 아버지 덕분에 딕스는 행정관서 수습 주사보에 수월하게 취직할 수 있었다.

시골에서 이만 한 직장은 구하기 힘들다.

대부분의 시골 아이들은 커서 농부, 병사, 사냥꾼이 된다.

운이 좋으면 영주가 운영하는 대장간이나 방앗간 등과 같은 곳에 취직해 기술을 익힐 수 있다.

그리고 이보다 더 운이 좋으면 기사의 종자나 딕스처럼 행정관서에서 일할 수 있는 것이다.

그러나 딕스는 이를 반갑게 여기지 않았다.

이유는 단 하나.

'개자식!'

부들부들.

한껏 격앙된 딕스는 제 몸을 와들와들 떨고 있었다.

페논 남작령의 후계자인 데일 데 페논.

놈이 페논보다 월등히 강력한 무력을 가진 카논 자작령의 둘째 딸을 겁탈했기 때문이다.

이 때문에 피해자는 불행하게도 자살이란 극단적인 선택을 하고 말았다.

이 비극을 잉태한 페논은 성에 틀어박혀 나오질 않았다.

놈이 야기한 이 비극적인 사태는 양 영지의 전쟁으로 번졌다.

일곱 명의 기사와 열두 명의 수습 기사, 그리고 병사 오백명이 잔뜩 굳은 얼굴로 전장을 향해 행군하고 있었다.

전장으로 향하는 이들의 가족들이 거리에 쏟아져 나왔다.

거리는 온통 이들이 흘린 눈물로 넘쳐흘렀다.

딕스 역시 아버지와 큰형을 전장으로 보내는 입장이라 업무를 팽개치고 나와 있었다.

그의 곁에는 어머니와 누나가 서로의 손을 부여잡고 손수건으로 눈물을 훔치고 있었다.

'아버지… 큰형.'

페논의 군사들을 인솔하던 딕스의 아버지 로버트.

그는 제 가족이 서 있는 곳으로 고개를 돌렸다.

본다. 묵묵한 표정이다.

하지만 로버트의 눈빛은 남은 가족들에 대한 염려로 가득차 있었다.

명분도 없고, 결과도 뻔한 전투다.

그럼에도 사지와 다름없는 전장으로 향하는 것은 그 자신이 페논의 기사였기 때문이다.

로버트의 옆엔 딕스의 큰형 테일이 말을 몰고 있다.

테일이 말 머리를 돌려 딕스에게로 다가왔다.

딕스는 큰형을 올려다보며 제 입술을 힘껏 깨물었다.

자신의 몸에 고통을 가하지 않고서는 슬픔에 빠져 울음을 터뜨릴 것 같아서였다.

'테일, 이 개자식! 이 씹어 먹어도 시원찮을 역겨운 종자!'

딕스는 끊임없이 테일을 욕했다.

힘이 있다면, 자신이 힘을 가졌다면 지금 당장 영주성으로 쳐들어가 제 방에 숨어 있을 비열한 데일을 갈가리 찢어버리고 싶었다.

영지민도 딕스와 같은 생각으로 다들 치를 떤다.

"딕스."

"…형."

"어머니와 미리아를 부탁한다."

"가, 가지 마. 이 전쟁은 데일, 그 개새끼 때문이잖아. 카논의 영주도 데일만 넘겨주면 싸우지 않겠다고 했잖아! 차라리 그 새끼를 잡아……."

"딕스, 그만해라. 그 무엇도 지금의 상황을 바꿀 수 없어. 그러니 내 말 잘 들어."

전장으로 떠나는 제 가족을 눈물로 배웅하는 사람들을 잠시 쳐다보던 테일의 안색이 침중하다.

딕스는 입을 꾹 닫고 자신의 말을 들어주지 않는 큰형 테일을 원망의 눈초리로 쳐다보며 이어질 말을 기다렸다.

"이 전쟁은 우리에게 승산이 없어. 그건 너도 잘 알 거야. 그러니 우리가 떠나면 곧장 영지를 떠나."

"그, 그런 말 하지 마. 왜 져! 아버지와 형이 얼마나 강……."

"딕스, 정신 차려! 이제 네가 우리 집의 가장이다. 어머니와 미리아를 네가 책임져야 해. 그러니 내 말대로 해. 무조건 떠나. 무조건."

테일은 막냇동생에게 무거운 짐을 지우는 자신이 초라해 보였다.

하지만 어쩌랴. 사지임을 뻔히 알고도 달려 나가는 것이 기사의 숙명인 것을.

"잘 있어, 딕스. 이럇!"

두두두두두.

멀어지는 큰형의 뒷모습을 보며 딕스는 이를 악물었다.

딕스의 누나 미리아도 자신의 연인과 작별을 나눈 듯 퉁퉁 부은 눈으로 어머니의 품에 안겨 서럽게 울고 있었다.

군대가 떠난 자리엔 그들의 가족만이 남아 슬픔을 그렇게 흘린다.

딕스는 이를 악물었다.

울지 않으리라. 울지 않으리라.

그렇게 자신에게 최면을 건다.

그러곤 어머니와 누나가 기다리는 곳으로 간다.

"엄마, 누나."

메들린은 울음을 참는 막내아들의 모습에 겨우 용기를 냈다.

여자는 약할지 모르나 어머니는 강하다.

"딕스, 미리아, 집에 가자. 아빠와 큰오빠는 무사히 돌아올 거야. 그들이 올 때까지 기다리자꾸나."

딕스도, 미리아도 어머니의 마음을 알기에 아무 말도 하지 못했다.

딕스는 어머니와 누나의 손을 잡고 인파로 넘치는 거리를 가로질렀다.

이런 그의 귓가에 큰형의 음성이 맴돌고 있었다.

…영지를 떠나.

*   *   *

페논의 군대가 출전한 지 어느덧 3일이 흘렀다.

모두가 기다렸지만 승전보는 역시 날아오지 않았다.

모두가 목을 길게 빼고 그렇게 초조한 심정으로 하루하루를 기다리고 있었다.

딕스는 성벽에 올라 서쪽 지평선을 뚫어져라 응시하고 있었다.

큰형 테일의 권유도 있고 해서 딕스는 어머니와 누나에게 영지를 떠나자고 말했다.

하나 돌아오는 대답은 하나였다.

그럴 수 없다!

두 사람은 미리 약속이라도 한 듯 단단한 표정으로 그리 말했다.

오히려 딕스더러 혼자 떠나라며 등을 떠밀었다.

이에 떠날 딕스가 아니다.

초조한 심정으로 매일 성벽에 올라 서쪽 지평선만 하염없이 살펴보는 딕스였다.

실낱같은 희망을 가지고 그렇게 그는 기다렸다.

까아아악! 까아아아~악!

한 무리의 까마귀 떼가 석양을 향해 날아가고 있었다.

놈들의 음울한 소리에 딕스는 불행을 부숴 버리기라도 하 듯 힘껏 돌을 집어 던졌다.

돌은 놈들을 맞히지 못했다.

당연한 일이다.

어깨를 푹 떨어뜨린 딕스는 성벽을 내려왔다.

우르르릉.

아침부터 동쪽 산봉우리에 걸려 있던 시커먼 구름이 천둥 을 동반하고 몰려들었다.

붉은 하늘은 두꺼운 먹구름에 금세 가려졌다.

쏴아아아악.

장대 같은 빗줄기를 피해 사람들이 뛰기 시작했다.

딕스는 뛰지 않았다.

뛸 수 없었다.

하루 종일, 아니, 아버지와 큰형을 전장에 보낸 이후 그는 하루에 한 끼도 제대로 먹지 않았다.

집안에 남은 유일한 남자로서의 책임감이 허기마저 물리 친 것이다.

집으로 향하는 딕스의 몸은 장대 같은 빗줄기에 흠뻑 젖어

버렸다.

이 차가움에 그는 제 뜨거움을 섞어 흘려보냈다.

1초가, 1분이, 하루가 불안해서 미칠 지경이었다.

하면 안 되는 줄 알면서도 자꾸만 페논군의 패배만이 머릿속에 그려졌다.

그들을 패배시킨 카논 영지의 군마가 곧장 달려와 제 몸과 어머니와 누나의 몸을 짓밟아 터뜨릴 것 같아 몹시 두려웠다.

힘이 없는 삶.

무능한 자의 삶.

기다리는 자의 삶.

털썩.

벽을 타고 흐르는 물줄기에 등을 기댄 딕스는 이 물과 함께 주저앉았다.

몇몇 행인들이 그를 보았지만 아무도 그에게 접근하지 않고 비를 피해 내달린다.

그렇게 절망과 슬픔에 잠긴 딕스는 바닥을 덮은 수면에서 괴이한 것을 발견했다.

그것은…

'뭐지?'

시작의 오메가.

딕스가 바라보고 있는 것은 오메가의 문장이었다.

놀랍게도 그것은 완전 문장이다.

평생을 노력해도 완전 문장을 찾지 못해 허송세월하다 생을 마감하는 재능자가 몇인가.

한데 그 모든 것을 단축하며 그의 재능과 완전 문장을 수면이 알려주고 있었다.

딕스의 눈동자 색이 그 순간 변했고, 그의 미간은 불에 타들어가는 듯한 뜨거움을 느꼈다.

콰르르르릉. 번쩍! 쏴아아아악.

역천의 주술사 바라모스.

놈을 소멸시킨 딕스가 정령이 되어 타 차원의 그를 찾아온 것이다.

힘을 간절히 갈구했던 19세 청년, 딕스.

그가 그토록 바랐던 일이 실제로 일어나고 있었다.

지이이이이이잉.

딕스의 내부에 안착한 시작의 오메가는 빠른 속도로 그의 내부에 마나 저수지를 형성했고, 뒤이어 서클을 형성했다.

그 놀라운 속도는 기적이랄 수밖에 없었다.

하나, 둘, 셋, 넷, 다섯!

시작의 오메가인 딕스가 다른 딕스의 몸에 부여할 수 있는 최대한의 능력치였다.

이후로는 인간인 딕스가 스스로 노력할 일이다.

츠츠츠츠촷!

힘을 갈구하던 청년 딕스는 이 순간 자신이 그토록 원하던 힘을 손에 넣었다.

얼떨떨했지만 온몸을 휘감는 이 힘은 그에게 자신감을 북돋아주었다.

하나 이 힘은 그에게 익숙하지 않은 것이다.

걸음마도 시작하지 못한 아이에게 장전된 석궁을 안겨준 꼴이다.

하지만 아이도 방아쇠는 당길 수 있다.

적어도 자신과 제 가족을 지킬 힘을 가졌다는 의미다.

쏴아아아아아—!

굵직한 빗방울 속에서 딕스는 몸을 일으켰다.

온몸을 감싸고 도는 충만한 힘.

그리고 가슴 한편에서 올라오는 찌릿함을 동반한 아련함.

주르르.

자신의 처지를 비관했던 청년의 눈은 이제 다른 의미의 눈물을 흘리고 있었다.

막막한 현실을 바꿀 수 있다.

그것은 시작을 알리는 환희였다.

이곳에서 오메가 딕스의 시간은 그렇게 흐른다.

길고 긴 여정을 맞이하게 된다.

또 다른 차원의 자신의 몸속에서.

에필로그

엘리자베스 폰 뮬.

고귀한 신분인 그녀는 사랑하는 연인을 잃었다.

아니, 돌아오지 않는 연인을 자매처럼 지내는 두 여인과 함께 기다렸다. 바로 시모나와 레이첼.

왕궁 뜰에 나온 엘리자베스는 흔들의자에 앉아 있었다.

한데 그녀의 배가 유독 부르다.

둥그스름한 제 배를 길고 하얀 손으로 부드럽게 쓰다듬는 공주의 눈빛이 촉촉하게 젖어든다.

'아가, 아빠는 반드시 돌아오실 거야. 그때 작은 엄마들과 함께 야속한 네 아빠를 혼내주자꾸나.'

뚝뚝.

공주의 눈에서 맑은 눈물이 흐른다.

그 눈물은 햇살을 받아 보석처럼 반짝거렸다.

그리고 그녀도 모르는 사이 그 눈물은 그녀가 잉태하고 있는 아이를 찾아갔다.

생명의 오메가!

공주의 눈물 속에 깃든 것은 바로 생명의 오메가였다.

딕스를 머나먼 차원으로 보내준 오메가는 다시 제힘과 정신을 잃어버렸다.

그러나 그의 가슴속엔 영원한 친우, 딕스에 대한 감정이 본능에 남아 있었다.

오메가는 그 본능을 좇아 딕스의 혈육을 잉태하고 있는 엘리자베스 공주를 찾은 것이다.

그리고 이제 그녀가 잉태한 태아에게 거하려 하고 있었다.

지이이이이잉.

태어나지도 않은 아이의 미간에 오메가 문장이 새겨진다.

이 아이는 훗날 물 공국을 제국의 반열에 올릴 카샤르 대제가 된다.

태아, 카샤르.

그의 심장에서, 생명의 오메가에게서 눈부신 빛기둥이 하늘 높이 솟구친다.

하나 이것은 그 누구도 볼 수 없었다.

빛기둥은 마치 오랜 친구를 반기는 환한 웃음을 닮았다.

"언니."

뜰 입구에서 시모나와 레이첼이 공주를 향해 오고 있다.

꽃처럼 아름답고, 새벽이슬처럼 맑디맑은 여인들.

그녀들도 공주처럼 배가 불러 있었다.

세 여인은 나란히 앉아 차를 마신다.

그러곤 자신들의 기억에서 딕스를 꺼내어 펼쳐 든다.

웃음과 눈물이… 조용한 강이 되어 그녀들 사이에서 그렇게 흐른다.

그때였다.

오메가의 눈부신 빛기둥이 향한 창공에서 거대한 날개를 활짝 편 존재가 지상으로 강림했다.

거대하고 신비로운 이 존재는 지상의 그 누구도 느끼지 못했다.

파앗!

뮬 공국의 왕궁 상공에서 거대한 마나의 파동이 일었다.

쾌청한 날씨임에도 물방울이 온 수도를 적신다.

엘리자베스, 시모나, 레이첼이 어리둥절한 표정으로 하늘을 보다가 제 몸을 만지는 따뜻한 물의 기운을 쓰다듬는다.

'나, 다시 돌아왔어.'

환청 같은 속삭임이 세 여인의 마음속으로 찾아든다. 아주 깊은 곳까지.

주르르.

보석처럼 찬란하고 아름다운 눈물이 세 여인의 눈동자에서 흘러내렸다.

그와 동시에 세 여인은 약속이라도 한 듯 정원 입구 쪽으로 황급히 고개를 돌렸다.

그곳.

통한의 피눈물을 흘리며 타 차원으로 떠났던 딕스가 서 있었다.

따뜻하고 환한 표정으로 그는 이렇게 말했다.

"그리웠어… 모두."

외전

아서는 친구가 없었다.

이유는 그의 배경이 너무 뛰어났기 때문이다.

아리온스 왕국의 브레이크 가문 하면 모르는 이가 없다.

비단 왕국 내에서만 그러한 것이 아니다.

브레이크 가문이 명가로 뽑히는 이유는 단 하나였다.

뛰어난 마법사들을 대대로 그들이 배출했기 때문이다.

그러한 가문의 후계자인 아서는 경외와 동경의 대상이지,
우정의 대상은 되지 못했다.

뛰어난 외모와 훤칠한 키.

그리고 브레이크 가문의 혈통임을 상징하는 별빛 같은 은

발의 신비로움은 아서를 한층 더 외롭게 만들었다.

그랬던 아서에게도 친구가 생겼다.

하나 그 친구와는 함께 놀 수도 없었고, 대화 역시 마음껏 나눌 수도 없었다.

그저 '나에게도 친구가 있다!'라고 떳떳하게 말할 수 있을 뿐이었다.

아서 반 브레이크.

그의 친구는 흔해 빠진 이름을 가진 딕스였다.

그러나 아서에게 이 흔해 빠진 이름의 소년은 매우 특별한 존재였다.

그의 유일한 친구이기 때문이다.

"공자님, 알아보라 하신 분의 신상 내역이옵니다."

"반크, 고마워요."

차디찬 인상과 달리 아서는 그 성품이 따뜻한 편이다.

그렇다고 이런 그를 아무도 무르게 보지는 않는다.

브레이크 가문의 혈통에 흐르는 그 차가움을 다들 알기 때문이다.

가문의 눈과 귀 역할을 도맡아 하는 정보 조직의 부수장인 반크는 아서의 치하에 몸 둘 바를 몰라 한다.

그 신분이 결코 낮지 않음에도 아서만의 특이한 분위기 탓에 주눅이 들어 그렇다.

올해 17세가 된 아서는 이미 마법사의 반열에 올라 있었다.

아서의 속성과 마력 문장은 바람의 시그마(Σ).

브레이크 가문의 역대 계승자 중 아서는 최연소 마법사의 지위를 얻었다.

이에 당연 가문의 모든 어른들의 관심과 기대는 높을 수밖에 없었다.

하나 아서는 이 모든 것들이 부담스럽기만 했다.

아서가 바라는 삶은 마법사도, 가문의 수장도 아니었다.

권력과 재물에 욕심이 없는 아서의 바람은 단 하나였다.

우정과 모험이었다.

'난 왜 브레이크 가문에 태어난 것일까?'

아서의 내면엔 늘 이러한 서글픔이 자리 잡고 있었다.

그렇다고 해 이러한 감성에 휘둘려서 자신의 자리와 책임을 회피하지는 않았다.

그는 그 누구보다 열심히 사는 사람 중 하나였다.

반크가 물러가자 아서는 그답지 않게 떨리는 손으로 보고서를 뜯어 펼쳤다.

보고서엔 아서의 유일한 친구에 관한 내용이 쓰여 있었다.

이를 읽어 내려가는 아서의 눈에 놀라움이 차오르기 시작했다.

딕스 르 시리우스.

놀랍게도 자신의 친구가 북부 제일의 마법사이자, 동맹의 기둥이라 불리는 자였기 때문이다.

최근 카페니스 제국이 남부 왕국과 동맹을 맺어 북부를 향해 칼을 빼 들려는 시점이다.

전쟁은 거대할 것이고, 피바람은 산천을 뒤흔들 것이다.

이 싸움은 피할 수 없었다.

그리고 이 싸움의 선봉엔 브레이크 가문이 서야 한다.

17세의 아서는 이 싸움에 참여하라는 가문의 지시를 받았다.

성년도 안 된 그에겐 너무 가혹한 일이었지만 그가 태어나면서 받은 교육은 그러한 이유를 들어 가문의 엄명을 거역할 수 없게 만들었다.

이에 아서는 마지막으로 자신의 친구를 찾아서 만나볼 생각이었다.

짧은 단 한 번의 만남이었지만 아서가 유일하게 친구로 부를 수 있는 아이는… 딕스뿐이었기에.

한데 그 친구가 명성이 자자한 딕스 르 시리우스 백작이다.

아서에게 이는 충격이 아닐 수 없었다.

한편으로는 이 사실이 몹시 기뻤다.

친구와 함께 전장을 누빌 수 있기 때문이다.

아서는 당장 드리건 반 브레이크를 찾아갔다.

며칠 후, 뮬 왕국으로 떠날 사신단에 참가하기 위함이었다.

*　　　*　　　*

뮬 공국이 북부의 왕국의 지지를 얻어 왕국으로 거듭난 곳. 이곳엔 북부 왕국을 대표하는 동맹 군사부가 위치해 있었다.

지정학적으로 뮬 왕국은 대륙 남부와 북부를 잇는 중앙 통로라 볼 수 있다. 지리적으로도, 그리고 경제적으로도 이 왕국은 많은 이점을 갖고 있었다.

하나 오랫동안 제국의 그늘 아래 속국처럼 지내왔던 터라 뮬은 단 한 번도 자신들의 이러한 이점을 살려보지 못했었다.

그랬던 뮬이 북부 동맹의 수장이 되어 제국과 맞서는 선봉에 서며 그 이점을 활용하기 시작했다.

전쟁이란 한 번의 진통이 지나고 나면 왕국은 폭발적으로 발전할 가능성이 높았다.

신생 뮬 왕국의 수도 카라힐.

저 멀리 보이는 상앗빛 성벽 너머 이 왕국의 심장이 앉아 있다.

"카라힐이다!"

아리온스에서 출발한 사신단.

그 선두에 있던 자들이 오랜 여정의 피로함을 이 함성에 담아 날려 보낸다.

두근두근.

북부 왕국의 사신단을 맞이하기 위해 대연회가 매일 뮬 왕국의 왕성에서 개최되었다.

뮬 왕국은 왕성에서 가장 큰 홀의 이름을 승리의 홀로 개명해 미구에 닥칠 전쟁에 대한 승리감을 이처럼 표방했다.

젊은 여왕이 각국 사신단과 우아한 자태를 뽐내며 이야기를 나눈다.

검소함과 겸양을 겸비한 젊은 여왕은 사신들의 마음을 사로잡기에 충분했다.

하나 사신단의 대부분은 이 아름다운 여왕보단 그의 부군을 보길 더 소망했다.

딕스 르 시리우스 백작을.

하나 이 연회장 어디에도 딕스 백작은 보이지 않았다.

이에 가장 크게 실망한 남자가 있었다.

아리온스 왕국 사신단에 객원으로 참가한 아서 반 브레이크였다.

사람들의 눈에 확연히 띄는 그의 은발은 염색약을 통해 흔히 볼 수 있는 밤색으로 변해 있었다.

그럼에도 그의 뛰어난 외모는 남녀를 가리지 않고 조명의 대상이 되었다.

아서는 실망감을 안고 연회장을 빠져나왔다.

달과 별이 내려앉은 왕성의 정원은 소박한 미가 곳곳에 담겨 있었다.

집을 보면 그 주인의 성품을 안다고 했던가?

아서는 소박하지만 멋스런 정원으로 나왔다.

그때, 강력한 마나를 그는 감지했다.

주변을 둘러보니 곳곳에 기사와 병사들이 엄중한 경계를 서고 있었다.

일반 병사는 몰라도 저 기사들이라면 지금의 이 현상을 분명 느끼고 있을 터인 데도 다들 이 현상에 익숙한 듯 제자리만 지키고 있었다.

아서는 그들에게 이 현상에 대해 물어볼까? 하는 생각을 하다 곧 고개를 내저었다.

'직접 확인하면 되겠지.'

왕성이라면 분명 금지가 있을 것이다.

하나 사신단과 함께 온 자신은 그 금지를 범하더라도 이를 실수라 하면 무마될 것이 분명했다.

전쟁을 앞둔 동맹국의 사신단 일행과 마찰을 빚어 봐야 좋을 게 없기 때문이다.

이는 평소 아서의 성격과는 상반된다.

그런 아서가 이와 같은 결정을 내린 이유는 단 하나였다.

이끌림!

아서는 이 느낌을 길잡이 삼아 왕성 안쪽으로 들어갔다.

넓은 연무장. 그곳에서 두 남자가 대련을 하고 있었다.

한 명은 검사였고, 다른 한 명은…

'딕스!'

아서는 검사의 무지막지한 공격을 손쉽게 막아내는 젊은 마법사의 정체를 단숨에 알아보았다.

"사부, 이제 그만하죠. 밤마다 이게 뭔 짓입니까?"

딕스는 사부 파울과 매일 밤 대련을 해야만 했다.

서로의 실력을 향상시키는 대련이야 서로 득이 되는 일이지, 결코 해가 되는 일은 아니다.

하나 딕스는 이미 탈인간의 능력자였다.

문제는 그 능력으로 육체를 재구성하는 바람에 상당량의 힘을 어쩔 수 없이 육체 보존을 위해서 묶어두어야만 했다.

이로 인해 그는 능력에 몇 가지 제약을 받게 됐다.

그럼에도 현재의 딕스는 강력하다.

마법사치곤.

이런 딕스가 파울은 불안하기만 했다.

이전보다 그가 많이 약화된 것을 느꼈기 때문이다.

전쟁이 본격적으로 시작되기 전에 그를 강하게 만들어야 한다.

그의 사부로서, 장인으로서, 그리고 동맹국의 한 일원으로서.

"밤은 길다."

"사부가 자꾸 그럼 시모나에게 말해서 식사에 소금을 왕창 넣으라고 할 겁니다."

"시모나는 내 딸이… 누구냐?"

미꾸라지처럼 빠져나가려는 딕스의 태도에 파울은 섭섭함을 드러냈다.

그러던 중 낯선 기운이 장내를 지켜보고 있음을 간파했다.

이전의 딕스라면 그는 파울보다 먼저 낯선 자를 발견했을 것이다.

그에게는 물의 척후라는 전천후 수족이 있었으니까.

하나 그의 수족은 현재 봉인된 상태였다.

이곳은 물의 심장이다.

옆에는 사부 파울이 있지 않은가.

그래서 딕스는 놀라지 않고 불청객을 바라본다.

"누구냐?"

두 사람의 대련을 지켜보고 있던 자는 아서였다.

신분을 감춘 아서였지만 어찌 친구 앞에서도 이를 숨기겠는가.

더욱이 딕스의 맞은편에 있는 자는 아서도 몇 번 만나본 적이 있었다.

하나 아서의 지금 관심은 오랜만에 만난 친구, 딕스뿐이다.

"딕스!"

"……?"

아서가 자신의 이름을 부르자 딕스는 눈살을 찌푸렸다.

왕국에서 감히 자신의 이름을 저처럼 친근하게 부를 수 있는 자는 손에 꼽을 정도다.

아무리 뜯어 봐도 모르겠다.

얼굴은 겁나 잘생겼다.

저렇게 생긴 놈이 이 세상에 존재하다니.

그나마 자신은 유부남이니 다행이지 총각들에게 저 얼굴은 공공의 적이 될 상이다.

이처럼 아서와 달리 딕스는 그를 한눈에 알아보지 못했다.

딕스의 기억에 아서는 버릇없는 꼬맹이에 불과했기 때문이다.

아서는 딕스가 자신을 알아보지 못하자 잠시 섭섭함을 느꼈으나 곧 이러한 마음을 풀어버렸다.

휘이이이잉.

아서의 몸에서 바람의 마나가 활기차게 꿈틀거리며 일어났다.

꽤나 강대한 마나였지만 이 자리에 서 있는 자는 능력이 이전보다 못하긴 하지만 그래도 일반적인 마법사보다는 강력한 힘을 지닌 딕스, 그리고 소드마스터 파울이다.

아서의 마나는 주변의 꽃잎을 그러모아 그의 전신을 한참이나 휘감고 돌았다.

마나와 꽃잎이 흩어지자 아서의 본래 외모가 드러났다.

마법 명문가 브레이크 가문의 상징인 은발!

파울은 그제야 아서를 알아보았다.

"넌… 브레이크가의 아서가 아닌가?"

"엇!"

저벅저벅.

아서는 자신을 알아본 듯한 딕스의 태도를 보자 환한 웃음을 지으며 그를 향해 걸어갔다.

반면 딕스는 곤란한 표정을 지었다.

딕스가 만나고 싶지 않은 1순위의 녀석이 바로 눈앞의 아서 반 브레이크다.

"친구!"

와락.

노도의 딕스.

전격의 파울.

삭풍의 아서.

대륙 10년 전쟁에서 가장 혁혁한 전공을 세울 세 사람이 이처럼 만남을 가졌다.

『딕스전기』완결

우각 新무협 판타지 소설

FANTA... ORIENTAL HEROES

북검전기

2014년의 대미를 장식할,
작가 우각의 신작!

『십전제』, 『환영무인』, 『파멸왕』…
그리고,

『북검전기』

무협, 그 극한의 재미를 돌파했다.

북천문의 마지막 후예, 진무원.
무너진 하늘 아래 홀로 서고, 거친 바람 아래 몸을 숙였다.

살기 위해! 철저히 자신을 숨기고
약하기에! 잃을 수밖에 없었다.

심장이 두근거리는 강렬한 무(武)!
그 걷잡을 수 없는 마력이,
북검의 손 아래 펼쳐진다!

Book Publishing CHUNGEORAM

유행이 아닌 자유추구 -
WWW.chungeoram.com